country
•
road

阪口正博 作

カントリー・ロード

網中いづる 絵

BL出版

カントリー・ロード

もくじ

1・春の章

春爛漫《はるらんまん》ともいえる上天気な毎日が続いていた。ぼくは季節の中で春が一番好《す》きだから、いつもこの時期は最高に楽しい気分で過ごすのだけれど、今年は、終わりのない冬を引きずっているかのように、暗く沈《しず》んだ気分で毎日を過ごしていた。

突然《とつぜん》、父さんの転勤《てんきん》が決まり、引っ越《こ》すことになったからだ。

父さんの仕事の関係で、今まで何度も引っ越しを経験していたから、引っ越すことに対してはさほどの抵抗《ていこう》を感じていない。だけど、今度の引っ越しは少しばかり事情が違《ちが》う。

これまで移り住んだところは、どこもその地方の中心的な都市ばかりだったけれど、今度は、山あいの小さな田舎《いなか》町に行くことになったからだ。

ぼくの気持ちをさらに重くさせていたのは、引っ越《こ》しの日が五月のゴールデンウィーク明けという中途半端《ちゅうとはんぱ》な時期だったことだ。なぜかっていうと、新学期早々の転校ならばクラス替《が》えのどさくさにまぎれて、新しいクラスになじむことはまだ容易《ようい》だけど、五月だとクラスの中の交友関係はすでに固まっており、そこになじんでいくことは、四月に転校するより何倍ものエネルギーが必要だと思えたからだ。

でも、ぼくがどれほど落ち込《こ》んでいても、引っ越しの日はいやおうなしにやって来た。残念ながら今のぼくは、まだ両親のもとを離《はな》れ一人で生きていくわけにはいかないから、両親と行動を共にせざるを得なかった。そうでなければ、ぼくは断固として一人で東京に踏《ふ》みとどまっただろう。

新しい家に荷物を運び入れた翌日《よくじつ》、ぼくは母さんと一緒《いっしょ》に、転校先である双葉《ふたば》中学に向かった。学校までの道沿《みちぞ》いには、数軒《すうけん》の商店と民家がまばらにある他《ほか》は、田んぼや畑が広がっているばかりだった。それは、ぼくが想像していた以上に田舎《いなか》らしい光景だった。

双葉中学の建物は木造の二階建てで、黒々とした瓦屋根《かわらやね》が威圧感《いあつかん》を感じさせるものだった。生徒は全学年を合わせても二十三人しかおらず、ぼくの同級生となる二年生はたったの七人だけだった。

その日のうちに判明した一番の問題は、双葉中学でのクラブ活動は、野球部とバレーボール部だけしかないということだった。二つのクラブがあるといっても、選択《せんたく》する機会を与えられているわけではない。なぜかっていうと男子は野球部、女子はバレーボール部ということに決まっているからだ。必然的にぼくは野球部を選択することしかできないわけだ。そのことがぼくをさらにがっかりさせた。

ぼくは、小学生の頃《ころ》少年野球チームに所属していたことがある。だから野球そのものは決して嫌《きら》いじゃなかった。エースで四番だと言えればかっこいいのだろうけど、ぼくがそのチームに所属していた二年間は、ずっと補欠《ほけつ》のままだった。自分ではそれほどひどいレベルだと思っていなかったのだけれど、悪いことにそのチームというのは、その地域《ちいき》でも一、二を争う強豪《きょうごう》チームだったのだ。

ぼくが野球を嫌《きら》いになってしまったのは、ある出来事がきっかけだった。

それは、地域におけるリーグ戦の決勝戦のことだった。試合は一方的にリードされたまま最終回を迎《むか》えており、どうがんばっても逆転できるとは思えない状況《じょうきょう》だった。その時、監督《かんとく》が隣《となり》のコーチに目配せをして、「そろそろいいかな」と小さな声で言うのをぼくは聞き逃《のが》さなかった。それは恒例《こうれい》になっているものが始まるという合図だった。六年生の補欠《ほけつ》でリーグ戦に出たことのない者を、順番に打席に送り出すのだ。

指名された者は顔を紅潮《こうちょう》させてバッターボックスに向かい、ベンチの仲間達《なかまたち》は大きな声で声援《せいえん》を送る。それは、野球の試合ではよくある光景だった。でもその時、ぼくははっきりと聞いたのだ。レギュラーの連中がニヤニヤしながら交わす言葉を。

「いよいよ在庫一掃《いっそう》セールの始まりだぜ」

ぼくは、監督がレギュラーの選手達に「つまらんことを言うな」と言いながらも、

やはり皮肉な笑《わら》いを口元に浮《う》かべているのを見てしまった。

ぼくは三人目の代打に指名されたけれど、バッターボックスに立つと、結局ただの一度もバットを振《ふ》ることなく三振《さんしん》した。

「ばかやろー、何やってるんだ」

ベンチに戻《もど》ると同時に監督《かんとく》の罵声《ばせい》が飛んできた。でもぼくは気にならなかった。その時すでに、二度と野球をしないと心に決めていたからだ。

もちろん、レギュラーになれなかった一番の原因は、他《ほか》でもないこのぼく自身にあることはわかっていたけれど、ぼくはとにかくその瞬間《しゅんかん》から野球が嫌《いや》になったのだ。

それだけのことだ。


中学に入ると、ぼくは陸上部に入部した。そして、走ることが好《す》きになり、いよいよ二年生からは本格的に陸上競技に打ち込《こ》もうと思った矢先に訪《おとず》れたのが、今回の転校だった。当然のことながら、転校先の中学でも陸上競技を続けるつもりでいた。そんなぼくを待ち受けていたのが、野球部しか選択《せんたく》できないという現実だった。入部しないという選択肢《せんたくし》はないらしい。とにかく男子は全員野球部、女子は全員バレーボール部に入部するということが、暗黙《あんもく》の決まりごとになっているらしいのだ。

この町では、ある時期を境《さかい》に子供《こども》の数が急激《きゅうげき》に減少し、多くの運動部は、部としては成立しなくなったのだそうだ。そこでやむを得ず、みんなが一番やりたいと思うことに部活を絞《しぼ》り込《こ》み、その結果残ったのが、男子は野球部、女子はバレーボール部ということらしかった。

野球部の最大の目標は、隣接《りんせつ》している町にある二校の中学との対抗《たいこう》試合という程度のものだった。そして、その唯一《ゆいいつ》の目標も、今年が最後になるらしい。少子化の影《えい》響《きょう》で、三校とも同じように生徒の数が減少していることから、町村の合併《がっぺい》に合わせて、三校を合併しようという話が本決まりになったからだ。

ぼくはそれらのことを担任《たんにん》の古川《ふるかわ》先生から聞かされた。古川先生は、学年の担任であると同時に野球部の顧問《こもん》でもあった。

「どうしても野球部に入らないといけませんか？」

ぼくは古川先生にたずねた。

「強制というわけじゃないけど、とにかく全員入っているわけだから」

古川先生は意外そうな顔をしながら言った。

「それに、君が入ってくれれば、選手は十人になって一人余裕《よゆう》ができるんだ」

余裕という言葉に少し抵抗を感じたけど、入らないなんてがんばっても自分の居場所を狭《せば》めるだけだと思い、ぼくは野球部へ入部することを古川先生に伝えた。

「今度、このクラスに転校してきた佐藤浩紀《ひろき》くんだ」

古川先生がぼくを紹介《しょうかい》した瞬間《しゅんかん》、みんなの視線《しせん》が一斉《いっせい》にぼくに注がれた。それは、転校生が受ける最初の試練であり、いつものことながら、ぼくはこの瞬間が一番苦手だった。

二年生のクラスは、さっきも言ったように、ぼくを入れてもたった八人しかいなかった。内訳《うちわけ》は、男子が五人に女子が三人。

クラスのリーダー的存在《そんざい》はすぐにわかった。名前は吉田俊輔《よしだしゅんすけ》。背《せ》が高くて浅黒い顔は、いかにもスポーツマンという感じがした。吉田の家は、ぼくの家からさほど離《はな》れておらず、ぼくらは自然と登下校を一緒《いっしょ》にするようになり、すぐにとても気の合う仲《なか》になった。

杉本猛《すぎもとたけし》は小柄《こがら》で落ちつきがなく、口から先に生まれたように騒々《そうぞう》しい。ぼくが初めて登校した日に、やたら馴《な》れ馴れしくぼくのことについて探《さぐ》りを入れてきたやつだ。

岩崎健太《いわさきけんた》は少しとっつきにくそうな感じだ。最初から冷ややかな目つきでぼくを見ていた。どちらかというとぼくの苦手とするタイプだ。

そして男子はもう一人。森田直樹《もりたなおき》。大きな身体《からだ》で、いつもニコニコ笑《わら》いながらみんなのことを見ている。正直者で力持ち……そんな感じだ。

女子の三人は、中野美香《なかのみか》と辻内早苗《つじうちさなえ》、そして小森瑞穂《こもりみずほ》。

中野美香は唯一《ゆいいつ》例外の野球部員。中学に入学した直後から、マネージャーでいいから野球部に入れてほしいと学校に頼《たの》み込《こ》んだのだ。球拾いでも何でもするし、みんなのユニホームを洗《あら》ってもいいとまで言ったらしい。その熱意が認《みと》められて、バレーボール部に籍《せき》を置きながら、今は野球部のマネージャーもしているのだった。

辻内早苗は面倒見《めんどうみ》のいいお姉《ねえ》さんタイプ。気さくでとても明るい。でもきっといろんなことに一番気をつかっているのは彼女《かのじょ》だろうなとぼくは思っている。

そして最後に小森瑞穂。彼女は何ていうか……初めて彼女を見たとき、ぼくは心臓《しんぞう》の鼓動《こどう》が一段《いちだん》と大きくなるのを抑《おさ》えることができなかった。彼女は清楚《せいそ》で、かわいくて、いつも静かにクラスのみんなに笑顔《えがお》を見せていた。ぼくは彼女の前に出ると緊《きん》張《ちょう》してうまく言葉を出すことができない。

そんなクラスメート達《たち》と一緒《いっしょ》に、ぼくの新たな学校生活は始まることになった。

問題の放課後がやって来た。ぼくは初日ということもあって、野球部の練習を見学するつもりでグラウンドに出た。

双葉《ふたば》中学では、三年生は受験勉強があるためクラブ活動からは退《しりぞ》くというのが昔からの決まりになっていた。したがって、二年生の男子五人が野球部の中心メンバーであり、あとは一年生が四人。本来ならこれで九人なのだけど、三年生からただ一人石田さんという先輩《せんぱい》が野球部に残っていた。そもそもぼくが転校してこなければ、石田さん抜《ぬ》きだと八人になってしまい、試合さえできない状態だったので、石田さんがあえて野球部に残ったのだった。あえてって言ったけれど、石田さん本人は根っからの野球好《ず》きだったし、前の年にキャプテンをしていた責任上、そのまま野球部に居残ることを選んだということらしかった。

そこへ、ぼくが突然迷《とつぜんまよ》い込《こ》んできたのだから話はややこしい。もしぼくが転校してこなければ全員がレギュラーなのに、ぼくが来たばっかりに一人がレギュラーからはみ出ることになる。そしてそれは、必然的に一年生のうちの誰《だれ》かということになるらしかった。

ぼくがグラウンドの片隅《かたすみ》に立っていると、石田さんが大きな段《だん》ボールを抱《かか》えてぼくのそばへやって来た。

「ほら、この中から自分に合うやつを選びなよ」

段ボールの中は古いユニホームで一杯《いっぱい》だった。それらはみな先輩達《せんぱいたち》が着ていたお下がりらしい。

「たくさんで驚《おどろ》いたかい？」

石田さんはにやりとしながら言った。

「このユニホームは十年以上前から引き継《つ》がれてきたものだ。多いときには三十人以上の部員がいたらしいけど、今では試合ができるぎりぎりの人数だよ」

ぼくは段ボールの中に手を入れて、順番にユニホームを点検していった。どれも泥《どろ》で汚《よご》れていたり、破れていたりして、はっきり言ってきれいなものは一つもなかった。

「選んだら、それは返す必要はないよ。今年でこの学校の野球部は終わりだからさ」

ぼくのとまどう様子を見て石田さんが言った。来年は三つの中学が合併《がっぺい》することが決まっているから、今の中学の名前が入っているユニホームは使用できなくなるのだ。もっともそれとは関係なく、そこにあるユニホームはどれももうこれ以上長くは使用できそうには思えなかった。

選んだユニホームを手に持って練習を眺《なが》めていると、吉田《よしだ》が近づいてきて、ぼくにグラブを手渡《てわた》した。それもまたかなり使い古されており、歴代の野球部員の汗《あせ》と野球への思いがしみ込《こ》んだようなグラブだった。

仕方なく、ぼくは手渡されたグラブをはめ、吉田とキャッチボールを始めた。

野球のボールを握《にぎ》るのは本当に久しぶりのことだった。違《ちが》うのは、少年野球チームにいた頃《ころ》は硬球《こうきゅう》を使っていたけれど、ここでは軟球《なんきゅう》を使用することだった。

ぼくはボールの感触《かんしょく》をよく確かめてから、軽く吉田のグラブめがけて投げてみた。力のない山なりのボールで、自分で思っているイメージとはほど遠い球速でしかなかった。

「ゆっくりでいいよ、ゆっくりで」

ぼくの気持ちを察したらしく、吉田が笑顔《えがお》で言った。

何十球か、軽いキャッチボールをしているうちに徐々《じょじょ》に肩《かた》が暖《あたた》まってくるのがわかった。そこで、少し強めにボールを放ってみることにした。ぴしっというこきみよい音を残してボールは吉田のグラブに収まった。吉田は何度かうなずいて、ボールを投げ返してきた。ぼくは続けて何球か力を入れてボールを投げたあと、さらにもう一球、今度は渾身《こんしん》の力を込《こ》めてボールを投げた。ボールは少し上方向にそれ、吉田のグラブをはじいて後方に飛んでいった。

吉田はボールを拾うと、小走りにぼくのそばにやって来て言った。

「前の学校でも野球をやってたんだろ」

ぼくは首を横に振《ふ》った。

「じゃあ、野球の経験は?」

吉田がしつこく訊《き》くので、小学生の頃《ころ》少年野球のチームにいたことを話した。

「へー」

吉田は大げさな声を上げた。

「東京の少年野球ってさ、すごくレベルが高いんだろ」

確かにぼくが所属していたチームのレベルは高かった。でもそれは必ずしもぼくのレベルが高いことを意味しない。

ぼくはあいまいな表情でうなずいた。

「それで、どこを守ってたの？　ピッチャーかい」

吉田はそう言いながら、グラブをはずしてぼくの目の前に左手を広げて見せた。手のひらがほんのりと赤くなっていた。

ぼくが練習していたのは外野だったけれど、試合で守りに入ったことは一度もなかった。

「こんなに速い球を見たのは初めてだよ。今は岩崎《いわさき》がピッチャーの練習をしてるんだけど、佐藤《さとう》の方が向いてるかもな」

その岩崎《いわさき》は、ぼくらの隣《となり》で杉本《すぎもと》とキャッチボールをしていた。岩崎に今の吉田《よしだ》の言葉が聞こえたかどうかはわからない。


練習が終わり、吉田と一緒《いっしょ》に帰ることになった。吉田はまだ少し興奮《こうふん》しているようだった。

「佐藤のようなボールを投げる者は、去年はどこのチームにもいなかったし、今年もたぶんいないと思うよ」

でも吉田には悪いけど、ぼく程度の選手は、ぼくのいたチームの中ではレギュラーにはなれないレベルなのだ。だから吉田がほめてくれればくれるほど、気持ちが冷めていくような気がした。

「すでに九人のメンバーがそろっているんだったら、ぼくは別に補欠《ほけつ》でもかまわないと思っているんだ」

ぼくは立ち止まって、吉田の顔を見ながら言った。

本当にぼくは心の底からそう思っていた。ここでは少なくともこの一カ月、きっと全員がレギュラーのつもりで練習してきたのだろう。だから、その中のたった一人だけが急にレギュラーをはずされるのは、その人間にとってはどんな気持ちになるだろうと思うと、自分がそれに関わることが嫌《いや》だった。

「大丈夫《だいじょうぶ》さ、絶対に」

何が大丈夫なのかわからなかったけれど、吉田は妙《みょう》な明るさを込《こ》めて言った。

翌日《よくじつ》から、ぼくの学校生活と野球部での活動が本格的にスタートした。

慎重《しんちょう》に選んだはずのユニホームだったけれど、実際に身につけてみるとあちこちすり切れていて、小さな穴《あな》が四、五カ所あいていることがわかった。

練習は、全員でのランニングから始まった。それを古川先生がベンチに腰掛《こしか》けて見ていた。とはいえ、古川先生はぼくらの練習にじっと目をこらしているのではなく、よく見ると、携帯電話《けいたい》をのぞき込《こ》んだりしていた。

「気にすんなよ、いつもああなんだから」

ぼくが古川先生の方を見ながら走っていると、横にいた吉田が小さな声で言った。

古川先生は熱血指導の鬼監督《おにかんとく》なんかではなく、仕方なく野球部の監督を引き受けているだけのようだった。

しばらく走っているうちに、いつの間にかぼくはみんなと離《はな》れて先頭を走っていた。中学に入ってから陸上部で毎日走っていたので、ついその時の気持ちで走ってしまったようだ。列は縦長《たてなが》になり、後方を走っている者はとてもゆっくり走っているように見えた。

「ようし、走るのはもういいだろう」

古川先生が立ち上がって声をかけたのは、走り始めて十五分くらいが過ぎた時のことだった。ようやく身体《からだ》が温まってきたところだったので、ぼくはもう少し走っていたい気分だった。ぼくが古川先生の横で足踏《あしぶ》みをしていると、後続のみんながばらばらと追いついてきた。

「佐藤は足が速いな。前の学校では何をしていた」

石田さんが訊《き》いてきた。

「陸上部にいました」

ぼくが答えると、石田さんは納得したように小さくうなずいた。

「ここは陸上部じゃないんだよ」

後ろからの声に振《ふ》り返ると、岩崎《いわさき》がぼくをにらんでいた。

「お前がばかみたいに必死で走るから、みんなのペースが乱《みだ》れて大変だったんだぞ」

岩崎はぼくを見据《みす》えたまま言った。

膝《ひざ》に両手を置き、ぜいぜいと荒《あら》い息をしながら、何人かがぼくを見ていた。ぼくはつい陸上部で練習しているような気持ちになっていたのだけれど、ここは野球部だったということに改めて気づかされた。

「お前の速いのはわかったよ、だから明日《あした》からはもう少しみんなに合わせてくれよな」

「もうやめとけよ」

吉田がぼくと岩崎の間に入ってきた。

「ごめん、明日から気をつけるよ」

ぼくは吉田の肩越《かたご》しに岩崎を見ながら言った。

岩崎はまだしばらくぼくをにらんでいたけれど、やがてぷいっと顔をそむけて離《はな》れていった。

「何をむきになってるんだ、あいつ」

吉田が小さく首をかしげながら言った。それから、気にするなよと言ってぼくの肩を軽くたたいた。ぼくは笑顔《えがお》で全然気にしてないよと答えた。

「佐藤は人間ができてるんだな」

吉田が感心したように言った。

別に人間ができているわけじゃないし、正直に言うと全然気にしていないこともな

かった。これまで何度も転校を繰《く》り返してきたから、こういう場合にどうすればいいかということが、なんとなく身についただけなのだ。新入りは目立ちすぎるようなことをしてはいけない。それが、ぼくの学んできた一番の教訓だった。

ランニングが終わるとキャッチボールが開始された。ぼくは、今日もまた吉田とキャッチボールをするつもりだったけれど、石田さんが吉田に何か言ったかと思うと、ミットを持って、ぼくに投げるように指示した。ぼくは、石田さんのミットに向かって軽くボールを投げた。

十球ほど投げたあと、昨日《きのう》と同じように強めにボールを投げてみた。石田さんは納得したようにうなずきながらぼくにボールを返した。そうして五球ほど続けて投げたところで、今度は石田さんが腰《こし》を下ろしてミットを前に突《つ》き出して構えた。

「無理しないでゆっくり投げ込《こ》んでみろ」

ぼくはモーションを起こしてボールを投げた。高めに浮《う》いたボールを、石田さんが伸《の》び上がるようにしながら捕《と》った。

「すみません」

ぼくは帽子《ぼうし》を脱《ぬ》いで頭を下げた。

石田さんはぼくにボールを投げ返したあと、肩《かた》を上下に揺《ゆ》すってみせた。力を抜《ぬ》けっていう意味らしい。

ぼくは石田さんが言うように、肩を上下に揺すり、手首をぶらぶらとさせた。それから、ゆっくりとしたモーションで次《つぎ》のボールを投げた。今度は石田さんの構えたところにうまく収まった。石田さんが満足げにうなずくのが見えた。

ぼくがそのようにして石田さんのミットめがけて投げ込んでいるのを、いつの間にかみんなが遠巻きに見ていた。

二十球ほど投げた時、石田さんが立ち上がって、もういいよと言った。

「春風に乗って突然《とつぜん》エースがやって来た……って感じか」

杉本がちゃかしたような声を出した。

ぼく自身も手応《てごた》えを感じていたことは確かだった。久しぶりだったけれど、投げることがとても楽しく感じられた。

そうなのだ、ここは、ぼくがかつて所属していた少年野球チームではないのだ。あれほどの整然としたチームワークと型通りの技術を要求されることは、ここではない。そして何よりも、しばらく野球から離《はな》れていたことによって、野球に対するぼくの気持ちがどこかしらリセットされているようだった。


それから半月ほど過ぎた練習のあとに、古川先生が全員を集めた。

「そろそろ各人のポジションを明確にしたいと思う。その方が練習する上ではいいだろうからな」

古川先生はそう言いながら、お尻《しり》のポケットから小さなメモを取り出した。

「ちぇっ、それぐらい覚えとけよ」

杉本《すぎもと》がつぶやいた。本人は小声で言ったつもりだったのだろうけど、古川先生にその声が届《とど》いたようだ。古川先生はちらっと杉本に目をやり、眉《まゆ》を少ししかめたけれど、黙《だま》ったままメモに視線《しせん》を戻《もど》した。

「ピッチャーは佐藤《さとう》にやってもらう」

真っ先にぼくの名前が告げられた。

「俺《おれ》はクビってことだよね」

岩崎《いわさき》がふてくされたような声を出した。岩崎は二年生になれば当然自分がピッチャーをやることになるだろうと思って練習をしていたらしい。

「いや、クビじゃなく、配置転換《てんかん》だ」

古川先生が岩崎の顔を直視《ちょくし》しながら言った。岩崎は顔を赤くしながら大きなため息をついた。

「岩崎にはセンターをやってもらう」

「先生」

ぼくは古川先生に声をかけた。

「ぼくは別にピッチャーでなくてもいいですし、補欠《ほけつ》だってかまいません」

その言葉に岩崎がするどく反応《はんのう》した。

「佐藤、決まったことにぐちゃぐちゃ言うな。それにな、今のお前の言い方って、すごく嫌《いや》みでいやらしいんだよ。わかっているのか」

岩崎は荒《あら》い息をしながら、ぼくをにらみつけた。

その瞬間《しゅんかん》、本当にそうだとぼくは思った。今の言い方って、やっぱりどこか、自分を一段高いところに置いていることの証《あかし》なのだ。まるで、かつてぼくのことを在庫一掃《いっそう》セール呼《よ》ばわりした連中のように。

「ごめん」

ぼくは小さな声で岩崎にあやまったけれど、岩崎は返事をしなかった。

古川先生は、そのあとも順番に練習すべきポジションを告げていった。

キャッチャーは石田さん。ファーストは森田。セカンドは杉本。サードは吉田。ショートは一年生の石田。つまり、石田さんの弟だ。外野は岩崎の他《ほか》、残る一年生三人のうちの二人。したがって、一年生のうちの一人が補欠ということになった。

ぼくはその一年生のことが気になった。なぜなら、ぼくが転校してこなければ、補欠にまわらなくてすんだからだ。

その一年生は、小島という名前で、一年生四人の中ではひときわ小柄《こがら》だった。

ぼくはちらっと彼《かれ》の様子をうかがった。小島は、特にそのことに対して何かを感じている風でもなく、ぼんやりと古川先生を見ていた。

気になるのは仕方がないが、気にしすぎてはいけない。ぼくは自分にそう言い聞かせて、古川先生に視線《しせん》を戻《もど》した。でも、やっぱりこのことが、彼の気持ちを傷《きず》つけていたということを、ぼくはあとで知ることになった。

翌日《よくじつ》から、ぼくは石田さんのミットめがけて毎日五十球程度の投げ込《こ》みを行った。

ぼくはピッチャーの経験はなかったけれど、小さい頃《ころ》よく父さんが構えるミットに向かってピッチングをしていたので、何とかピッチャーの形にはなっているようだった。

野球部の練習は、さほどハードなものではなかったばかりか、野球をする楽しみみたいなものさえ感じさせてくれた。これも少年野球チームでしぼられたおかげといえなくもなかった。あの時の練習に比べれば、全然どうということはないという余裕《よゆう》をぼくにもたらしてくれたからだ。

このチームで野球らしい動きができているのは、キャッチャーの石田さんと、ショートの石田弟、サードの吉田、そして外野にまわった岩崎ぐらいで、チームとして機能するためには、まだまだ時間がかかるように思えた。

今、チームが練習しているのは、秋の三校対抗戦《たいこうせん》のためであり、それ以上のことではなかった。すでに翌年《よくねん》の学校統合に向けて、隣《となり》の本山《もとやま》中学では新しい校舎の建設が進められているらしい。だから、今度が最後の三校対抗戦になるのだ。

「最後はどうしても勝ちたい」

それが石田さんの口癖《くちぐせ》だった。石田さんが一年生の時は三位、つまり最下位、石田さんがキャプテンだった昨年も結局最下位で、石田さんが一人残ったのも、レギュラーメンバーを確保することの他《ほか》に、二年間の悔《くや》しい思いを何とかはらしたいという強い思いがあるからだった。

「今年がラストチャンスだから絶対勝ちたい。でないと俺《おれ》の三年間は負け続けになっちゃうよ」

そう話したときの石田さんの顔が忘《わす》れられなかった。ぼくはふわふわと飛んできた根無し草のようなものだけど、ここでしっかりと根を下ろしてがんばっている石田さんのような人と、同じ目的を持ってがんばるっていうのも悪くないという気持ちになった。

時間は風のようにすばやく流れていった。日ごとに緑が濃《こ》くなり、木々が放つ青臭《あおくさ》い匂《にお》いが、大気の中でどんどん濃密《のうみつ》になっていった。

ぼくがこの町を好《す》きになるまでにさほど時間はかからなかった。ぼくのこれまでの人生（といってもたかだか十四年程度のことだけど）で、体験したことのない経験や、見たこともない風景が、徒党《ととう》を組んで一気に押《お》し寄せてくるような感じだった。

何もなかった田んぼに水が張られ、そしてある日一斉《いっせい》に小さな緑色をした稲《いね》の苗《なえ》が敷《し》き詰《つ》められる。それが日ごとに大きくなると、やがてカエルの大合唱が始まった。

ぼくは、野球の練習を終えて吉田と一緒《いっしょ》に帰宅《きたく》する途中《とちゅう》、ジュースを飲みながら神社の石段《いしだん》に腰《こし》を下ろしておしゃべりをしたり、カエルを捕《つか》まえたり、時には小さな蛇《へび》に出くわして、必死で逃《に》げたりした。

ほんの一カ月ほど前までは、通学路にゲームセンターやハンバーガーショップなど様々な店が途切《とぎ》れることなく続いていたのが、今ではそれが夢《ゆめ》の中の光景のように思われた。今のぼくには、田んぼと山と緑の木々の中に、古い民家や小さな神社なんかが点在するこの町の風景の方が、昔から見ている風景のように実感を持って感じられた。

それから、ぼくが今の学校を気に入っている大きな理由の一つに、小森瑞穂《こもりみずほ》の存在があった。でも彼女《かのじょ》に対しては何だかうまく話しかけることができず、自分の気持ち

とは裏腹《うらはら》に、とっても素っ気《そけ》ない、ちょっと冷たいのではないかと思われる態度にな
ってしまうのだった。それとは逆に、中野美香《みか》や辻内早苗《つじうちさなえ》とは、ふつうに話ができた。
特に中野美香とは、野球部のマネージャーということもあってよくおしゃべりをした。

少人数の授業もまた、ぼくにとっては新鮮《しんせん》で楽しかった。ここでは、一方的に先生
から与えられる情報を受身で聞き続けるのではなく、時にはみんなで話し合いながら
授業が進められていた。都会の学校のようにぎゅうぎゅうと詰《つ》め込《こ》むところがなく、
息苦しさを感じさせない空気が教室の中に流れていた。

親たちの中には、都会との学力差を嘆《なげ》く声もあると聞いたけれど、そんなことは特《とく》
段《だん》大したことではないとぼくには思えた。ぼくはそれほど勉強することが好《す》きという
わけではないけれど、それでも、歴史や地理にはすごく興味があったし、国語の教科
書は、学年の始めに一通り最後まで読んでしまうほどだった。授業はその教科に対す
る興味を引き出してくれればそれでいいのであり、あとは離陸《りりく》した飛行機が楽々飛ん

でいくように、自ら学ぶべきものだとぼくは思っていた。

でもそんなぼくにも不安がないわけではない。高校受験が確実にやって来るからだ。さらに言えば、ぼくはいったいどこの高校を受けるのかということも、ぼくの不安に拍車《はくしゃ》をかけていた。このことについては両親も大いに頭を悩《なや》ませているようだった。とにかく今度の父さんの転勤があまりに突然《とつぜん》だったので、ただあたふたと家族みんなで引っ越《こ》してきたのだけれど、いざ腰《こし》を落ちつけて考えてみると、一番にぼくの進学問題が浮上《ふじょう》してきたようだった。特に母さんは、秋にも父さんを残して東京に戻《もど》った方がいいのではないかということを、冗談《じょうだん》めかして話すようになった。

ぼくはそんな話に耳を貸すつもりはない。なぜなら、ぼくはここでの生活がとても気に入っているからだ。もう二度とするまいと思っていた野球でさえ、楽しんでいたんだもの。

2・夏の章

夏が来た。それまでの梅雨空《つゆぞら》がうそのように晴れ渡《わた》り、ぼくは毎日うきうきとした気持ちで暮《く》らしていた。

初めて過ごす田舎《いなか》の夏はすてきだった。稲穂《いなほ》がぐんぐんと成長して風に揺《ゆ》れる様子は、まるで大海原の波のうねりを見るようだった。そして、カエルや蝉《せみ》の大合唱、天空に広がる星空など……去年まで暮らしていた東京での生活とはまったく違《ちが》う世界がここにあった。これまで幾度《いくど》も引っ越《こ》しを繰《く》り返し、様々な町に住んできたけれど、はっきり言ってこの町が断然のナンバーワンだ。

八月に入ると、お盆《ぼん》が終わるまでの間、野球部の練習は休みになった。それでも、ぼくら二年生は毎日午前中には学校の校庭に集合し、軽い柔軟体操《じゅうなんたいそう》やキャッチボールをした。それは、野球がしたいっていうよりも、みんなで毎日会うためのいわば儀《ぎ》式《しき》のようなものだった。

そのあと、ぼくらは自転車に乗ってあちらこちらに遊びに行った。おかげでぼくの顔は、日焼けのためあっという間に真っ黒になった。

八月に入って一週間が過ぎた時、ぼくらは近くの山に登山に出かけることにした。野球部の自主練習のためというのが登山の表だった目的だった。

登山といっても、北アルプスのような三千メートル級の山に登るのではなく、近くにある千メートルにも満たない程度の山への登山だったので、実際は登山というよりもハイキングという方が適切な表現かもしれなかった。でも生真面目《きまじめ》な吉田《よしだ》が、自主練、自主練と繰《く》り返し言うものだから、やはり、登山と言った方が、厳《きび》しさが感じられるということになったのだ。

中野美香《みか》はマネージャーなので、女子の中でただ一人、ぼく達《たち》に同行することになっていた。いっそのこと、小森瑞穂《みずほ》や辻内早苗《つじうちさなえ》も入れて、クラスみんなでのハイキングといった方が、ぼくにとってはうれしかったのだけれど、吉田が野球部の自主練と宣言《せんげん》してしまったものだから、結局彼女達《かのじょたち》を誘《さそ》う口実《こうじつ》がなくなってしまったのだ。小森瑞穂がいたら、ぼくはさらに楽しい気持ちになったろうに。

それに、中野美香はやはり女の子だから、ぼくら男子のペースについてくることができるのかも不安に感じられた。

登山の当日、ぼくらは自転車にまたがり、県道を北上した。登山口《とざんぐち》までは自転車で一時間近くかかるということだった。ぼくらは一列にならんでひたすら自転車をこぎ続けた。

県道は、片側《かたがわ》が山肌《やまはだ》に、そしてもう片側が小さな川に接していた。途中《とちゅう》からは道《みち》幅《はば》が狭《せま》くなり、おまけにやたらとカーブが多くなったので、自動車とすれ違《ちが》うときは、自転車を山際《やまぎわ》にとめてやり過ごした。でも気分は爽快《そうかい》で、鼻歌の一つも歌いたい気分だった。

目的地が近づくにしたがって、少しずつ道路の勾配《こうばい》がきつくなり、それまで以上に小さなカーブの連続という状態になった。ぼくの前を走っている森田の背中《せなか》に、汗《あせ》で濡《ぬ》れたTシャツが張り付いているのが見えた。ぼくの額からも汗が噴《ふ》き出て、それがあごを伝って下に流れ落ちた。五段《だん》切り替《か》えの一番軽いギアにしても、この坂道を登るには少々骨《ほね》が折れた。みんなの吐《は》く息がぜいぜいと聞こえた。

森田はとうとう我慢《がまん》できなくなったのか、自転車を降《お》りて歩き始めていた。ぼくは「がんばれ」と声をかけながら森田を追い越《こ》した。ぼく自身ももういっぱいいっぱいで、次のカーブを曲がったら自転車をとめて休もうと思ったところでようやく登山口に到着《とうちゃく》した。

「ここからが本番だよ」

吉田が涼《すず》しげな顔で声をかけてきた。吉田はずいぶん早くこの場所にたどり着き、みんなが来るのを待っていたようだった。言い訳《わけ》はしたくないけど、吉田の自転車は十段切り替えで、車体もぼくの自転車よりずいぶん軽くできている。吉田と同じ自転車だったらもう少し楽にここまで来ることができたはずだ、と少し悔《くや》しい気持ちを抱《かか》えながらぼくは思った。一番最後にたどり着いた森田は、地面に座《すわ》り込《こ》み、流れる汗をふきながら、ごくごくとすごい勢いで水筒《すいとう》のお茶を飲んでいる。胸《むね》からお腹《なか》にかけて、波打つようにせわしなく動いていた。

十分ほど小休止をしたあと、ぼくらはそこに自転車を置き、登山道に踏《ふ》み出していった。

しばらくの間林が続き、砂利道《じゃりみち》を踏みしめる音があたりに響《ひび》いていたけれど、やがて登山道が細く、そして急な登りになった。

確かにこれはトレーニングとしては悪くない。足腰《あしこし》も強くなるし、心肺《しんぱい》機能だって強化されるはずだ。ぼくは前の中学では陸上部にいたので、持久力には少しばかり自信を持っていたけれど、走るときに使う筋肉《きんにく》と山道を登るときに使う筋肉がこんなにも違《ちが》うのかと思うほど、始めのうちはうまく足が前に出ていかなかった。

いつの間にか列は長く伸《の》びていった。お調子ものの杉本《すぎもと》が、何を張り切っているのか、早足でぐんぐん前を行き、ぼくと吉田が少し遅《おく》れて、それから、ぼくと吉田のすぐ後ろを、中野美香が続いていた。

彼女《かのじょ》は、黙《だま》って地面を見つめながらも、しっかりした足取りで登り続けていた。女の子がぼくら男子のペースについてこれるかなんていう心配はまったく必要なかったのだ。それよりも森田の方がよほど心配だった。

中野美香の後ろを、少し間をあけて、岩崎《いわさき》があまり面白くないような顔をしながらぶらぶらと続き、森田はそのずっと後ろを、汗《あせ》をいっぱいかきながら苦しそうに登っていた。

「いいところだろ」

吉田が話しかけてきた。

「小さい頃《ころ》、よく父さんに連れてきてもらったんだ。もうちょっと辛抱《しんぼう》したら、すごく景色が良くなるよ」

一時間ばかり急な山道を登り続け、少し見晴らしのいい場所に出たところで小休止を取った。

そのあたりから低い樹木《じゅもく》が多くなり、そのために空がいくぶん広く感じられた。でも、空が広く感じられるということは、夏の直射日光《ちょくしゃにっこう》をまともにあびることになるので、必ずしも好《この》ましいことではなかった。陽射《ひざ》しの中で、草の匂《にお》いが濃密《のうみつ》に感じられた。

途中《とちゅう》から一匹《ぴき》のアブがぼくの顔の周りを飛び回り、そのぶんぶんという羽音がぼくを少しいらだたせた。誰《だれ》も何もしゃべらず、はあはあという息遣《いきづか》いだけが前後から聞こえてきた。

やがて、林が途切《とぎ》れ、岩場のような場所に出た。一気に視界《しかい》が開け、眼下には緑のじゅうたんのように木々が密集《みっしゅう》しながら広がっていた。その圧倒的《あっとうてき》な高度感のおかげで、それまでの疲《つか》れがいっぺんに吹《ふ》き飛ぶような爽快感《そうかいかん》を感じることができた。

「あとはほとんど平らな道で、登りは頂上《ちょうじょう》の手前に少しあるだけだよ」

吉田がみんなを励《はげ》ますように言った。

事実、そこからは吉田が言うように、なだらかな尾根筋《おねすじ》の道が続いた。視界《しかい》が広がったこともあって、楽しい気分がよみがえってきた。

なだらかな登りと下りが交互にあって、最後に急な勾配《こうばい》の道を登り切ると、そこが頂上《ちょうじょう》だった。

頂上を少し下りたところに大きな木が一本あって、それが木陰《こかげ》を作っていたので、ぼくらはそこで昼食をとることにした。山からの眺望《ちょうぼう》を楽しみながら弁当を食べ、いろんな話をした。ときおり吹《ふ》きすぎる風はとてもさわやかだった。


気がつくと、黒っぽい雲が空一面を覆《おお》い始めていた。大きな綿雲が、生き物のようにうごめきながら成長を続けているように見えた。

「これはやばいかもしれない」

空を見上げて、吉田が不安げな表情で言った。その時、ぼくは自分のうかつさに気

がついた。雨具の用意をしていなかったのだ。

「雨具を忘《わす》れちゃったよ」

ぼくが言うと、杉本がぼくも忘れたと言った。岩崎や森田、そして中野美香も、さらに山のことを一番知っているはずの吉田も含《ふく》め、誰一人《だれひとり》雨具の用意をしてきている者はいなかった。それも仕方がないことかもしれない。家を出る時は雲一つない青空だったのだから。

「早く片付《かたづ》けて下山しよう」

と吉田が言った。

今いる場所は、尾根を少し下りただけのところだったので、雨宿りができそうな場所はどこにもなさそうだった。ぼくらは慌《あわ》ててリュックに弁当箱《べんとうばこ》やシートなどを詰《つ》め込《こ》んで立ち上がった。そうしている間にも、あたりはどんどん暗くなっていった。

吉田を先頭にして、ぼくらはもと来た道を戻《もど》っていった。下り坂だったので、今度は誰も遅《おく》れることはなかった。

途中《とちゅう》からぽつりぽつりと降《ふ》り出した雨は、あっという間にどしゃ降りの雨になった。それは、これまでに経験したことのないような激《はげ》しい降り方の雨で、そのため視《し》界《かい》はまったくといって良いほどきかなくなっていた。林の中に入り、生《お》い茂《しげ》る葉の陰《かげ》に隠《かく》れるようにしながら歩いていると、少しは雨をしのげるような気がしたけど、それも単なる気休めでしかなかった。道そのものが、徐々《じょじょ》に川のようになってきており、おかげで靴《くつ》も靴下もびしょ濡《ぬ》れだった。

誰もひと言も話さず、ただ、前にいるクラスメートのリュックを目標にして歩き続けた。

道のすぐ脇《わき》に一軒《けん》の家が見えてきたのは、山頂《さんちょう》から一時間ほど下りた時のことだった。登りの時も横を通ったはずなのに、この家の存在には気がつかなかった。急いで家のそばに駆《か》け寄り、軒下《のきした》に身を寄せた。家には誰も住んでいる気配がなく、ずいぶん以前から廃屋《はいおく》になっているようだった。

ぼくらは軒下《のきした》に身を寄せながら、何とか雨がかからないようにしていたけど、ますます激《はげ》しさを増していくように見える雨は、避《さ》けようもなかった。

突然《とつぜん》、稲光《いなびかり》が走り、少し間《ま》を置いて雷鳴《らいめい》がとどろいた。お腹《なか》に重くこたえるような嫌《いや》な響《ひび》きだった。絶体絶命という言葉が頭に浮《う》かび、心臓《しんぞう》の鼓動《こどう》が速くなったように感じられた。

吉田が家の戸を引いた。すると、がたがたと音をたてて五十センチくらい戸が開いた。

「開いたよ、どうしようか」

吉田が振《ふ》り返りながら言った。

「何だかやばいんじゃないのかなあ」

森田が大きな身体《からだ》を小さく丸め、吉田の後ろから家の中をのぞき込《こ》んだ。

その時、再び稲光が走り、ほとんど同時に雷鳴がとどろいた。先ほどよりも近そうだ。風が強くなり、軒下に身を寄せているぼくらにも、横殴《よこなぐ》りの雨が容赦《ようしゃ》なく降《ふ》りかかってきた。さらに次の雷鳴がさっきより大きな音をたてて鳴り響いた瞬間《しゅんかん》、ぼくらはわれ先に家の中に逃《に》げ込んでいた。

家の中は薄暗《うすぐら》く、すえたような臭《にお》いがした。

ぼくらはしばらくの間、玄関《げんかん》を入ったばかりのところに固まって雨が降る様子を眺《なが》めていたけれど、雨はますます激しさを増すばかりだったので、仕方なく少しずつ奥《おく》の方に居場所を移していった。湿《しめ》り気《け》を帯びた空気が重くよどんでいて、それが、濡《ぬ》れた身体をさらに冷たく感じさせた。

外にいた時のように風が直接身体に当たらないだけまだ良かったけれど、でもこのままだと、確実に身体の熱を奪《うば》われ続けるだけのような気がした。

ぼくは靴《くつ》を脱《ぬ》いで、畳《たたみ》の上に上がり込んだ。

「靴は脱がないでいいんじゃない」

吉田がそう言いながら、ぼくのあとを靴ごと上がってきた。片足《かたあし》を上げて足の裏《うら》を見ると真っ黒になっていたので、ぼくは慌《あわ》てて靴《くつ》をはきに戻《もど》った。でも、そうはいっても靴をはいたままで家の中に上がり込《こ》むのには、やはり少し抵抗《ていこう》を感じた。

「おーい、こっち」

奥《おく》から吉田の声がした。

そばに行くと、吉田は黙《だま》ったまま部屋の真ん中を指さした。板張りの部屋の中ほどに囲炉裏《いろり》が切ってあった。今の寒さを解消するには、囲炉裏で何かを燃やすしかなさそうだった。

部屋の中には紙くずや木片《もくへん》が散乱《さんらん》していたので、燃やす材料はたくさんありそうだったけれど、肝心《かんじん》の火だねがなかった。

「火打ち石とか、木をこすり合わせるとかしか方法はないのかな」

森田がため息混じりにつぶやいた。

みんなで手分けして、ライターかマッチがないか探したが、そんなに簡単《かんたん》に見つかるわけがない。半ばあきらめかけた時、ぼくの前に突然《とつぜん》火のついたライターが差し出された。

「台所を探していたら、隅《すみ》の方にこれが落ちてたよ」

杉本が自慢《じまん》げな表情で言った。とにかくこれで何とか暖《だん》をとれそうだ。

ぼくらは部屋の中にある燃えそうなものを囲炉裏のそばに運んだ。たちまち囲炉裏の周りには、紙くずなどが山のように集まった。

吉田が木片を集めて、真ん中でクロスするような形に積み上げた。そして、杉本からライターを受け取ると、紙に火をつけ、木片の下にそっと押《お》し入れた。紙も木片も湿《しめ》っているせいか、火はなかなかつかなかったけど、何度か繰《く》り返すうちに木片に炎《ほのお》が移ったように見えた。

吉田はさらに、小さな紙類を一つ一つ確認しながら火にくべていった。白っぽい煙《けむり》がもうもうとたち上がり、部屋の中に広がっていった。このままいくと煙にいぶされてしまうのではないかと思われた時、ようやくパチパチという音をたてながら炎が大きくなった。それとともに、囲炉裏の周りだけ明るさがよみがえった。囲炉裏の周りにいるぼくらの影《かげ》がそれぞれの後方に長くのびていく。火がこれほど頼《たの》もしく、そして美しく思えたのは初めてのことだった。

突然《とつぜん》、杉本が着ているTシャツを脱《ぬ》いで、それを炎《ほのお》にかざした。

「こんなもの、いつまでも着ていたら風邪《かぜ》ひいちゃうよ」

杉本の行動を見て、他《ほか》のみんなも同じように着ている服を脱いだ。もちろんぼくもだ。

濡《ぬ》れた服を身につけているより、裸《はだか》のまま囲炉裏《いろり》の炎に身をさらしている方が、よほど暖《あたた》かく感じられた。

ただ一人、中野美香だけが、濡れたTシャツを着たまま神妙《しんみょう》な顔つきで炎を見つめていた。中野美香は小刻《こきざ》みにふるえながら、自分の身体《からだ》を抱《だ》きしめるように両手をクロスさせていた。

「中野も脱げよ」

杉本が言った。

「そんなのいつまでも着てたら風邪《かぜ》ひくぞ」

中野美香は杉本をにらみつけた。

「いいのよ、私《わたし》のことはほっといてよ」

「ばかだなあ、ひょっとして俺《おれ》たちがすけべえ心を持ってると思ってるの。ガキの頃《ころ》から知ってるのに変な気を起こすわけないじゃん」

でも杉本の言い方は、へらへらとまるでそのことを楽しんでいるように聞こえた。

「お前のようにせっついたら脱《ぬ》げるわけないだろ」

岩崎が少しいらだった口調で言った。

「それにもう俺たちはガキじゃないんだし」

杉本はそれに対して何か言いたそうなそぶりだったけれど、岩崎のきついまなざしにあって、何も言い返せないようだった。

中野美香は、しばらくためらっていたけれど、やがて思い切ったように勢いよくTシャツを脱ぐと、すばやく小さなスポーツタオルで胸《むね》の周りを覆《おお》った。

「こっちを見ると殺すからね」

中野美香は炎《ほのお》を見つめながら、誰《だれ》に言うともなく小さな声でつぶやいた。

「おおこわー」

杉本がことさらに大げさな口調《くちょう》で言った。すぐに岩崎の舌打《したう》ちが聞こえた。

ぼくは……正直に言おう。中野美香の正面に座《すわ》りながらどきどきしていた。だから、中野美香に言われるまでもなく、彼女《かのじょ》の方に顔を向けることなんてできなかったのだ。

部屋の空気が少し濃密《のうみつ》になったような気がした。

外では相変《あいか》わらず激《はげ》しく雨が降《ふ》り続いており、ときおり雷鳴《らいめい》がとどろいていた。部屋の中は薄暗《うすぐら》くて、火を囲んでいるみんなの正面だけが明るかった。それからしばらくの間、誰も何も言わず、木のはぜるパチパチという音だけが聞こえていた。

ぼくはあらためて家の中を見回した。部屋のあちらこちらに、かつてここで人が暮《く》らしていたことを感じさせるものが残されていた。乱雑《らんざつ》に散らかった週刊誌《しゅうかんし》や本の中には、漫画《まんが》の雑誌《ざっし》が何冊《なんさつ》か混じっていた。ぼくらと同じ年頃《としごろ》の子供《こども》が住んでいたのかもしれない。彼《かれ》は生まれ育った家を出て今はどこに住んでいるのだろうか。

「なあ、佐藤《さとう》」

突然《とつぜん》、岩崎が口を開いた。

「お前さ、こういうのってどう思う？」

岩崎の言おうとしている意味がすぐにはわからなかった。

「こういうのって？」

ぼくは岩崎にたずねた。

「自分の家を捨てていくってことさ」

突然そんな質問をされても、なんて答えていいかわからなかった。ぼくは黙《だま》って岩崎を見た。

「こんなことって理解できないだろ、都会人の佐藤には」

「もうやめとけよ」

吉田が言った。

「ここで佐藤にそんなことを言っても仕方がないだろ」

「いいよ、岩崎、続けてよ」

ぼくは岩崎の目を見ながら言った。

「こんな風に一家みんなで出て行かないにしても、やがて俺《おれ》たちはみんな出て行くことになるんだよ。俺たちの町には働くところがないんだからな」

岩崎の口調は先ほどの挑戦的《ちょうせんてき》なものとは少し違《ちが》っていた。

「遅《おそ》かれ早かれ、みんな故郷《ふるさと》から出て行かなきゃならないんだ」

たぶん他《ほか》のみんなも、今の岩崎のようなことをずっと感じながら育ってきたのだろう。親しかった近所の人や、学校の先輩《せんぱい》、近所で昔からよく遊んでくれたお兄《にい》さんやお姉さんが、ある日突然いなくなっていく。自分の将来《しょうらい》へ向けての漠然《ばくぜん》とした不安。じゃあ、このぼくはいったい何なんだろう。ぼくはこれまでずっと、ある日突然いなくなる方に身を置いて育ってきた人間なのだ。でも、いなくなるぼくを懐《なつ》かしがってくれるような人間はたぶん誰《だれ》もいない。そこに根を張って暮《く》らしてきたわけではないからだ。

「ぼくにも言わせてほしいんだ」

ぼくは言った。

「出て行っても、故郷《ふるさと》は故郷だろう？　いいじゃない、故郷があればまた帰ることもできるんだから」

ぼくには故郷なんてない。物心ついた頃《ころ》から、父さんの転勤《てんきん》に伴《ともな》って数年ごとに引っ越《こ》しと転校を繰《く》り返してきた。長くても同じところには三年ほどしかいなかった。覚えているだけでも今住んでいる家が五つめの住居になる。

「ぼくには幼《おさな》なじみなんていないし、帰る故郷もないんだ」

みんなは押《お》し黙《だま》ったまま、ぼくの次の言葉を待っているみたいだった。

「さっき、中野さんがTシャツを脱《ぬ》ぐ前に、杉本がガキの頃から知ってるのに変な気を起こすはずがないって言ったでしょう。その瞬間《しゅんかん》、ああそうか、みんなずっとここで一緒《いっしょ》に大きくなったんだって思った。なんていうか、ちょっと羨《うらや》ましかった」

そう言いながら、ぼくは幼い頃遊んだ友だちの顔を思い出していた。もう二度と会うこともないだろう彼《かれ》らは、いったい今頃どのような毎日を過ごしているのだろうか。

「そうだよね」

森田がおだやかな口調で言った。

「佐藤くんに比べたら、ぼく達《たち》ずっとここで生まれ育ったんだもの、やっぱり恵《めぐ》まれてるんだよ」

「本当のことを言うと……」

ぼくはちらっと中野美香に視線《しせん》をやりながら言いかけたけど、そのとき中野美香と目が合って、それ以上言葉を続けることができなくなってしまった。

他《ほか》のみんなが何とも感じていない中野美香の姿《すがた》に、たぶんぼくだけが猛烈《もうれつ》に刺激《しげき》を受けてるんだ。おかしい。だってこれまで中野美香に対してこんな気持ちになったことはないからだ。

その時中野美香がふっと小さな笑《わら》い声をたてた。ぼくは、内心を見透《みす》かされたようでどきどきとした。顔が赤くなるのを感じたけれど、意識すればするほどますます顔が赤らんでいくのをとめることができなかった。どうしたんだろういったい。何をこんなにどぎまぎして。

「佐藤はさ」

そのとき吉田が口を開いた。

「ぼくたちより多くの世界を見てきたんだもん、それはそれで羨《うらや》ましいと思うよ」

吉田の次の言葉を待ったけれど、吉田はもうそれ以上何も言わずに、囲炉裏《いろり》の炎《ほのお》を見つめている。誰《だれ》もが、ぽつりと言葉を吐《は》き出しては黙《だま》ってしまう状態が続いていた。

これって、囲炉裏の中で火が燃えているという状況《じょうきょう》が関係あるのかもしれないとぼくは思った。薄暗《うすぐら》い廃屋《はいおく》の中で、ちろちろと燃える赤い炎を見つめていると、考えることが断片的《だんぺんてき》になってしまうのだ。それにもう一つ、この激《はげ》しい雷雨《らいう》だ。

今ぼくが置かれている状況は、これまで生きてきた中で最高に刺激的《しげきてき》な状況かもしれないと思えた。

突然《とつぜん》岩崎が立ち上がった。そして、肩《かた》をぐるぐる回したあと、あーあと大きな声を出して窓《まど》のそばに近づいていった。

岩崎はしばらくの間、そうやって窓から外の風景を眺《なが》めていたけれど、やがてゆっくりと振《ふ》り返りながら言った。

「つまらんこと言って悪かったな、佐藤」

それはたぶん、この学校に転校してきて以来、岩崎がぼくに言った一番素直《すなお》な言い方だった。

「いいよ、岩崎の言うとおり、やっぱりぼくには生まれ育った場所から出て行く時の本当の気持ちは、たぶん理解できていないだろうから」

そこでぼくは、自分が言おうとしていることを、もう一度頭の中で整理してから続けた。

「ぼくは、この町でいろんなことを勉強しようと思ってるよ。だってここは今まで自分がいた世界とは全然違《ちが》う世界だから」

こんな風に素直《すなお》に話ができるのも、やはり囲炉裏《いろり》の炎《ほのお》による影響《えいきょう》なのだろうか。たとえば学校の教室でなら、恥《は》ずかしくてとても言えないようなセリフだった。

雷《かみなり》は少しずつ遠ざかっているようだったけれど、相変わらず激《はげ》しい雨音が聞こえていた。

「それにしてもさ、いったいいつやむんだろう、この雨」

杉本がことさらに大きな声で言った。

「何だか腹《はら》が減ってさ、だから余計のこと背筋《せすじ》が寒いんだよな」

すると森田がリュックの中をごそごそと探《さぐ》り始めた。みんなの視線《しせん》が集まる中、森田は目的のものを探《さが》し当てることができたらしく、にやっと笑《わら》いながら白い半透明《はんとうめい》の袋《ふくろ》を引き出した。袋からは、ポテトチップ、チョコレート、おせんべいなどが出てきた。

「それで一人分のおやつなの？」

ぼくは森田に訊《き》いた。森田は少し恥ずかしそうにしながら、ふだんはもっと少ないけど、ほらなんといっても今日は遠足だからと言った。

「遠足じゃないよ、自主練なの、自主練」

吉田がそう言いながら、自分もザックからお菓子《かし》を取り出した。

そう言えばぼくも、小箱《こばこ》に入ったクッキーを持ってきていたのだ。他《ほか》のみんなも同じようにリュックを引き寄せて、中を探り出した。それをきっかけにして沈黙《ちんもく》は一気に破《やぶ》られた。お菓子の袋を破る音や、おかきをかじる音、お菓子を交換《こうかん》するやりとり。夏休みの生活ぶりや、どこに行ったのか、またこれからどこに出かけるのか、そして秋の野球の試合のことなどの話題がにぎやかに飛び交った。身体《からだ》や服が乾《かわ》くにしたがって、ふだんのぼくらの調子が戻《もど》ってきたようだった。

気がつくと、雨はやんで窓《まど》から陽射《ひざ》しが差し込《こ》んでいた。

その夜、ぼくはふとんに潜《もぐ》り込んでからも、なかなか眠《ねむ》ることができなかった。岩崎が言ったことも気になったことは確かだけれど、ぼくの頭の中の大きな部分を占《し》めていたのは、中野美香のことだった。スポーツタオルで胸《むね》を覆《おお》ってはいたが、濡《ぬ》れた髪《かみ》が首筋《くびすじ》から肩《かた》に張り付き、白い肌《はだ》がほんのりピンクに染《そ》まっている情景が、ぼくの脳裏《のうり》に焼き付いて離《はな》れなかったのだ。

ぼくはそんな自分を恥《は》ずかしく思った。だって、彼女《かのじょ》は野球部のマネージャーであり、ぼくが今までそんなに意識をしていなかった同級生の女の子なのだから。

しばらくの間、ぼくはふとんの中でもぞもぞとしていたけれど、結局眠《ねむ》ることをあきらめベッドの上に起き上がった。

ぼくは机《つくえ》の前に座《すわ》り、スタンドの灯《あか》りをつけた。そして机の一番上の引き出しから日記帳を取り出し、昼間の出来事を書き始めた。

故郷《ふるさと》を捨てて、出て行かざるを得ない一家。先祖の代から住み続けていた土地を離れることは、ぼくが数年おきに引っ越《こ》しているのとは意味が違《ちが》って、苦渋《くじゅう》の決断が必要だったことだろう。

中野美香のことについてはどのように書こうかと思ったけれど、結局何も書かなかった。彼女のことを考えてまた少し息苦しい気持ちになったからだ。

ぼくは机の前の窓《まど》を少しだけ開けてみた。冷たい外の空気が吹《ふ》き込《こ》んできて、レースのカーテンを揺《ゆ》らした。

静かな夜だった。窓の外は真っ暗な闇《やみ》が広がっており、夏の夜の匂《にお》いがした。田舎《いなか》の夜の匂いだった。耳を澄ませると、虫の鳴き声がさかんに聞こえていた。まだ夏の真っ盛《さか》りだと思っていたけど、秋は確実にすぐそばまで近づいているようだった。

3・秋の章（試合）

新学期を迎《むか》え、野球部の活動が本格的に再開された。昼間はまだ夏の強い陽射《ひざ》しが教室の中まで差し込《こ》んでいて暑いぐらいだったけれど、野球部の練習を終える時刻《じこく》になると、半袖《はんそで》のシャツでは肌寒《はださむ》く感じられるほどになった。

十月には、野球部の活動で一番重要な三校対抗戦《たいこうせん》がある。それは部の活動というよりも、この中学校で最も重要な行事とさえいえるものだった。それが終われば野球部の活動はおしまいだ。

一年生の小島が野球部をやめたいと言い出したのは、二学期が始まって最初の練習の時のことだった。なんでやめるのかという古川先生の質問には答えず、小島はただやめたいからやめるのだと繰《く》り返した。

「ぼくがいなくても試合はできるでしょう」

小島は言った。

「九人いるから試合はできる。でも、もし途中《とちゅう》で誰《だれ》かけがでもしたらどうする」

古川先生が答えた。

それを聞いてぼくは少し嫌《いや》な気がした。お前が必要なのは選手としてではなく、誰かがけがをした時のスペアのためなのだと言っていることを、古川先生は気づかないのだろうか。

小島は、黙《だま》って古川先生を見ていたが、大きなため息をつくと、そのまま部室から外へ出て行ってしまった。

ぼくは彼《かれ》の姿《すがた》がドアの向こうに消えるのを確認してから、そのあとを追った。

小島はそのままグラウンドを横切って、プールの横にあるベンチに腰《こし》を下ろし、じっと下を向いて動かなくなった。

ぼくはゆっくりと彼に近づいていった。小島はぼくのことには気がついていないようだった。

「よお」

ぼくは静かな口調で彼《かれ》に声をかけた。小島は、一瞬《いっしゅん》身体《からだ》をびくっとさせたあと、ぼくを見た。

「座《すわ》ってもいいかな」

ぼくはそう言いながら、彼の返事を待たずに彼の横に腰《こし》を下ろした。

小島は何も話さなかった。そしてぼくも同じように黙《だま》ったままで小島の横に座っていた。

「何なんですか」

しばらくすると、小島がじれたように口を開いた。

「本当にやめるの?」

ぼくはストレートに切り出した。彼はぼくを見ずに、地面をにらむようにしながらうなずいた。

「ぼくが来たからかい？」

ぼくが言うのと同時に、小島はきっとした様子でぼくを見た。

「佐藤《さとう》さんとは関係ありません」

小島は強い口調で言った。

「ぼくはもともと野球なんか嫌《きら》いなのに、ぼくが入らないと試合ができないからって言われて、それで仕方なく入っただけなんです」

もしぼくが転校してこなければ、小島は小島なりにがんばろうとしていたんだろうと思う。でも、今は自分ががんばる意味を見い出せないのだ。

「やめないでほしいんだ」

ぼくは言った。

「小島くんには今のままやめてほしくないんだ」

「どうしてですか」

「やめたらたぶん後悔《こうかい》すると思う」

ぼくはそう言いながらも、自分が何を言おうとしているのか、自分自身でもよくわからなかった。でも、ぼくの中には小島に伝えたいという思いがあるのは確かだった。

「ぼくがそうだったから」

えっ、ぼくは野球をやめたことを後悔しているのかい、と、もう一人の自分が心の中で声を上げたけど、ぼくはそんなことを無視《むし》して続けた。

「ぼくは、小学生の時に少年野球チームにいたんだけど、レギュラーになれなかった。ずっと補欠《ほけつ》だったんだ。で、結局、やめてしまったんだよ、チームを」

小島は黙《だま》ってぼくの話に耳を傾《かたむ》けているようだった。

「正直言うと、この学校に転校してきて野球部しかないとわかった時は、すごく嫌《いや》な気持ちだった。でも、すぐにわかったんだ。ぼくはやっぱり野球が好《す》きなんだって」

「佐藤さんが補欠だったのとぼくが補欠なのとは、意味が違《ちが》うと思います」

小島が不満げな口調で言った。

「今のチームでは佐藤さんがチームの要《かなめ》みたいなものだし、前のチームで補欠だったっていっても、ぼくの場合とは全然違《ちが》うと思うんですよ。だって、佐藤さんは好《す》きでそのチームに入ったんだし」

小島の言うとおりかもしれない。でも途中《とちゅう》で投げ出して良かったとは、彼《かれ》の場合でも将来《しょうらい》たぶん思わないだろうとぼくは思った。

「同情ですか。それとも自分に責任を感じてるとか」

小島は皮肉な言い方をした。

「たぶん、あとの方の気持ちはあると思う」

ぼくは正直に答えた。

「わかりました。ぼくがやめることが、佐藤さんを責めるようにとられるんだったら、やめません。でも、ぼくは試合には絶対に出ません。最後に温情で出すみたいなことされたら、絶対にその場で帰っちゃいますから」

小島の口調は断固としたものだった。

その時ぼくは、みんなが遠くから心配そうにぼくら二人をうかがっていることに気がついた。ぼくと小島が立ち上がって歩き出すと、みんなは慌《あわ》てたようにランニングを始めた。ぼくは古川先生と石田さんに、小島が野球部を続けることだけを伝えた。

そして、三校対抗戦《たいこうせん》の朝が来た。毎年三校のグラウンドを持ち回りで使用しており、今年は双葉《ふたば》中学のグラウンドが使用される番になっていた。

朝から大勢の人たちが、最後の三校対抗戦を観るために双葉中学のグラウンドにやって来た。できるだけ多くの人が楽しめるようにと、試合は日曜日に設定されていたからだ。

その中にぼくの両親もまじっていた。ぼくが野球をやめた時、父さんはひどくがっかりしたものだった。だから再びぼくが野球を始めたことを、父さんはとても喜んでいた。父さんは、スポーツをやるなら野球が一番だと心底思っているようだったからだ。しかもぼくはピッチャーなのだ。

父さんは周りの人たちから声をかけられると、顔を上気させながら笑顔《えがお》で応対していた。

三校総当たりの試合で、双葉中学は一試合目と三試合目に出場することになった。最初の対戦相手は奥北中学《おくきた》だった。奥北中学は昨年二位のチームだ。ここで負けてしまうと、残る試合は昨年優勝《ゆうしょう》の本山《もとやま》中学との対戦だったので、今年も最下位の公算が大きくなってしまう。だから初戦のこの試合を絶対に落とすわけにはいかなかった。

試合は七イニング制で行われた。そうしないとピッチャーが二試合とも投げることができなくなるからだ。どこのチームも複数の投手をつぎ込《こ》めるほど選手の余裕《よゆう》はなかった。

その奥北中学には、三対二でかろうじて勝利した。エラー絡《がら》みで二点は取られたけれど、岩崎《いわさき》と吉田《よしだ》のタイムリーヒットなどで終盤《しゅうばん》に逆転し、何とか勝利をもぎとったのだった。それは、双葉中学にとっては待望の一勝だった。

石田さんは、半分涙目《なみだめ》になりながら勝利を喜んでいた。去年、一昨年《おととし》と一勝もできなかったことがよほど悔《くや》しかったのだろう。

「本当にすっとしたよ」

石田さんがもう何もかも終わったような口調《くちょう》で言った。

「石田さん、まだあと一試合あるんですけど」

吉田が声をかけた。

「わかってるよ。でもな、俺《おれ》がこの中学に入ってから初めて試合に勝ったんだし、少しぐらい喜ばせてくれよ」

「どうせなら優勝して喜びましょうよ」

「優勝か……そうだな、せっかくなら優勝して喜ぼう」

石田さんはそう言うと、自分のほっぺたを手でぴしゃぴしゃとたたきながら気合いを入れ直した。

二試合目は、昨年の優勝校である本山中学と奥北中学の対戦だった。試合は思わぬ乱打戦《らんだせん》の末に奥北中学が本山中学に競《せ》り勝った。ぼくにはよくわからないけれど、本山中学が負けるのは思いもよらないことだそうだ。去年は二試合とも圧倒的《あっとうてき》な力の差を見せつけて本山中学が優勝《ゆうしょう》していたからだ。

本山中学が勝っていれば、少なくとも双葉中学の最下位はなくなっていたのだけれど、予想に反し三つどもえの様相になってしまった。次の試合に双葉中学が負けるようなことになれば、三校が一勝一敗とならぶわけだ。ただし、その場合の順位は得点と失点の差で決まることになっている。だから負けるにしても大差で負けるようなことになると、今年もまた最下位になるという可能性がまだ残されていた。

「奥北に負けた本山になんて、負けっこないよ」

森田がのんきな口調で言った。奥北中学との試合での失点は、森田のエラーが絡《から》んでの失点だったのに、当の本人はもうそんなことは忘《わす》れているような様子だった。

いよいよ本山中学との試合が始まった。

ぼくらは後攻《こうこう》のため、守りについた。五球程度軽く石田さんのミットめがけて投げると、すでに一試合投げているおかげで、肩《かた》の調子は先ほどより良いように感じられた。

石田さんが小走りにマウンドにやって来た。

「リラックスして投げろ」

そういう石田さんの方が、よほど力んでいるようでおかしかったけれど、ぼくは大きくうなずいて、肩を二、三度上下に揺《ゆ》すってみせた。

またしても試合は接戦となった。本山中学のピッチャーも今度は顔つきが違《ちが》っていた。

それはそうだろう、本山中学が負ければ、昨年の優勝校が一転して最下位になってしまうからだ。試合には、本山中学の卒業生もたくさん観に来ていた。去年も一昨年《おととし》も楽々優勝していたのに、もし最下位なんてことになったなら、彼《かれ》らからは相当きついおしかりを受けることになるはずだ。その点、ぼくらは気楽なものだった。一勝しているぼくらに、卒業生達《たち》は、すでに十分満足してくれている様子だったからだ。

五回までは、互いにヒットは出るもののあとが続かず、点が入らなかった。

しかし、本山中学が攻撃《こうげき》の六回表にとうとう均衡《きんこう》が崩《くず》れた。フォアボールとエラーで塁上《るいじょう》に二人のランナーをためたところで、四番の選手に三遊間を抜《ぬ》くヒットを打たれ、それをレフトが後逸《こういつ》して二点を先制されてしまったのだ。さらにツーアウト三塁のピンチが続いたけれど、吉田のファインプレーで何とか後続を断《た》った。

双葉中学は六回の裏《うら》も簡単《かんたん》に三者凡退《ぼんたい》に終わり、とうとう最終回になってしまった。

アクシデントは七回の表、ワンアウトで迎《むか》えたバッターの打席の時に起きた。

ツーボール・ワンストライクのカウントから投げた四球目、バットに当たったボールが、軌道《きどう》を少し変えただけでキャッチャーに向かって飛んだ。その直後、石田さんが右手をミットで押《お》さえたまま前のめりにうずくまった。顔が激痛《げきつう》のためにゆがんでいた。中野美香《みか》が慌《あわ》ててベンチから飛び出してきた。古川先生がちょっと遅《おく》れてあとに続いた。

ぼくはマウンドを降《お》りて石田さんのそばに駆《か》け寄った。ファールチップとなったボールがミットではなく、右手の指に当たったらしかった。


古川先生は審判《しんぱん》と言葉を交わしたあと、中野美香に石田さんをベンチに連れていくように指示した。それから、古川先生はぼくに身体《からだ》を寄せてきて、小さな声で言った。

「石田はもう無理かもしれんな」

吉田と杉本《すぎもと》もそばにやって来た。ぼくは二人に向かって、小さく首を横に振《ふ》ってみせた。

「キャッチャーがいないと野球にならないな」

古川先生がため息をついた。

今、ベンチにいるのは小島だけだった。でも、突然《とつぜん》彼《かれ》にキャッチャーをやれと言っても無理な話だろう。じゃあどうすればいいのか。考えられることは、吉田か岩崎《いわさき》がキャッチャーをやり、そのあとに小島が入ることだった。

古川先生がベンチでぽかんとこちらを見ている小島に向かって手招《てまね》きをした。小島はえっというような仕草《しぐさ》で自分を指さし、そのあとようやく腰《こし》を上げてホームベースに向かって歩いてきた。

「見てたろう」

古川先生が小島に言った。

「石田がけがをしたんだ。お前の他《ほか》に選手はいない」

それを聞いて、小島の顔が少し青ざめたように見えた。

「キャッチャー、できるか?」

古川先生が小島に訊《き》いた。

「無理です」

小島は慌《あわ》てて首を横に振《ふ》りながら答えた。古川先生はそれを聞いて黙《だま》り込《こ》んだ。

「先生」

その時、石田さんの声がした。

「俺《おれ》、大丈夫《だいじょうぶ》ですよ」

石田さんはそのまま、平気な顔をしてキャッチャーのポジションについた。

石田さんは、ボールを受けることは何とか大丈夫のように見えたけれど、投げるのは難《むずか》しいようで、ぼくのところまではバウンドしたボールを返すのがやっとのようだった。

それでも何とか残りのバッターを打ち取って、いよいよぼくらの最終回の攻撃《こうげき》が始まった。


それまで順調に投げてきた本山中学のエースも勝利を意識したのか、突然《とつぜん》制球が乱《みだ》れ始めた。先頭バッターの杉本がフォアボールで出て、暴投《ぼうとう》で二塁《るい》まで進んだ。だが、後続が続かず、たちまちアウトカウントを二つ取られてしまった。

しかし、吉田が粘《ねば》った末に何とか二遊間にころがして、一塁三塁になった。ツーアウト一塁《るい》三塁。この二人のランナーがホームに帰れば同点に追いつく。

そこで石田さんに打順が回ってきた。でも、さすがに今の石田さんの様子では、バットを振《ふ》ることまでは無理なようだった。

その時、古川先生が小島を代打に指名した。小島はその声を聞いても呆然《ぼうぜん》としていた。ぼくは小島の背中《せなか》を横から二、三回たたいた。彼《かれ》はぼくに視線《しせん》を走らせ、大きなため息をついた。それからゆっくりと立ち上がり、ヘルメットをかぶった。

ぼくは小島の耳元でささやいた。

「これは温情の代打なんかじゃないからな」

小島は無言でぼくの目を見たあと、そのままバットを持ってバッターボックスに向かって歩いていった。

初球はど真ん中のボールを見逃《みのが》した。二球目はやや低めに沈《しず》んだように見えたけど、審判《しんぱん》はストライクを宣告《せんこく》した。あっという間にツーストライクと追い込《こ》まれた。まだバットは一度も振っていない。小島の表情はこわばったままだった。

三球目、小島が初めてバットを振った。かろうじてファールチップとなったボールは、そのままバックネットまで飛んでいった。

四球目はボール。そこで、小島はバッターボックスをはずし、大きく息を吐《は》いた。

「落ちつけ」

吉田が大声で小島を励《はげ》ました。

五球目、これも外角へ大きくはずれた。六球目はど真ん中のボール。小島のバットが一度後ろへ引かれ、それから思い切り前に振られた。鈍《にぶ》い音がしてボールは一塁線を大きく右にきれてゴロで転がっていった。

「おしい、おしい」

ぼくは精一杯の声で叫《さけ》んだ。七球目は再び大きくはずれ、スリーボール・ツーストライクのフルカウントになった。両チームのベンチを緊張感《きんちょうかん》が包み、応援《おうえん》の声が途《と》切《ぎ》れた。

ツーアウト一塁三塁。ボールカウントはスリーボール・ツーストライク、点差は二点。誰《だれ》がバッターボックスにいてもしびれるような場面だ。守る方にしても同じだろう。ピッチャーはこわばった表情でしきりに首や肩《かた》を回している。

八球目のボールがピッチャーの手を離《はな》れた。投げた瞬間《しゅんかん》に外角低めに大きくはずれるボールであることがわかった。やったと思った瞬間、小島のバットがそのボールの方向へ動くのが見えた。ぴちっというかすかな音を残して、ボールはバックネットに転がっていった。それと同時に、バットが小島の手を離れ、一塁《るい》ベンチに飛んできた。大きな失望がベンチの中に広がっていった。

小島がバットを拾うためベンチに近づいてきた。

「ばかやろう、よく見ろよ、ボールを」

岩崎が大きな声を出した。小島はちらっと岩崎の方を見たけど、そのままバットを拾うと、足早にバッターボックスに戻《もど》っていった。

次打者としてネクストバッターズサークルにいたぼくは、「小島くん」と大きな声で彼《かれ》を呼《よ》んだ。小島はその場に立ち止まってぼくを見た。

「それで十分、あとは気楽にいけよ」

小島はうなずくでもなくぼくを見ていたが、そのままバッターボックスに進んでいった。

本当だよ、とぼくは心の中でつぶやいた。本当にすごいよ。もしあの頃《ころ》のぼくだったら、こんな状況《じょうきょう》で代打に送られても、結局凡打《ぼんだ》に終わってしまったことだろうと思うもの。

小島がバッターボックスでゆっくりとバットを構えた。ピッチャーが振《ふ》りかぶり、九球目を投げた。その瞬間、ぼくは思わず立ち上がった。ピッチャーの投げたボールが小島の頭に向かっていったからだ。

乾《かわ》いた音を残して、ボールは大きく右方向にそれていった。ぼくらは、慌《あわ》てて倒《たお》れている小島の元へ駆《か》け寄ろうとした。その時、審判《しんぱん》が大きな声でファールを宣告《せんこく》した。よけた時振ったバットに偶然《ぐうぜん》ボールが当たったらしかった。

小島は荒《あら》い息をしながら立ち上がった。もう小島に声をかけるものは誰もいなかった。彼《かれ》はもう十分すぎるほどがんばっているのだ。

ピッチャーもかなり動揺《どうよう》しているようで、せわしなくユニホームや帽子《ぼうし》をさわっている。やがて、首をぐるりと回し、次の投球フォームに入った。

先ほどのデッドボールまがいのボールのことが頭に残っているせいか、次のボールはキャッチャーのミットに置きに来るように、ふわっとしたものとなった。

小島は、ボールを待ちきれず前方に腰《こし》が伸《の》びきるような体勢になりながら、バットを振《ふ》った。かろうじてバットの先に当たったボールは、サード前へのぼてぼてのゴロになった。

サードの選手が慌《あわ》てて前に出てきて、そのままボールを右手で直接つかむと、ファーストを振り返って投げた。ボールはツーバウンドしながら、ファーストミットに向かっていった。

小島はファーストベースに向かって必死の形相《ぎょうそう》で走っていった。そして、ファーストベースのかなり手前で、頭からベースに滑《すべ》り込《こ》んでいった。

判定はセーフ。小島の内野安打で待望の一点が入った瞬間《しゅんかん》だった。それは、まさに小島の執念《しゅうねん》による一点といえるものだった。これでようやく一点を返した。あと一点。

小島はうずくまったまま、立ち上がらなかった。ぼくらはすぐに小島のもとに駆《か》け寄った。小島は左手を押《お》さえ、両目を固く閉《と》ざしたまま、歯を食いしばっていた。

「痛《いた》むか」

古川先生が小島のそばにしゃがみ込んで、左手にそっとさわりながら声をかけた。

小島は目を開け、うなずいた。古川先生はしばらく小島の手を見ていたが、顔を曇《くも》らせて頭を左右に振った。見ると、小島の左手の中指が妙《みょう》な方向に曲がっていた。ベースに頭から滑り込んだ時に、左手の中指を負傷《ふしょう》したらしい。

保健担当の先生が慌てて飛んできた。小島は抱《かか》えられるようにしながらベンチに下がっていった。幸い今日はお医者さんも見に来ており、すぐその場で応急処置《しょち》がされた。

ただし、小島はもうゲームに出ることはできなくなってしまった。ようやく一点を返したものの、チームは八人になってしまったのだ。

「俺《おれ》が出てもいいぜ」

三年生の一人が、興奮《こうふん》した面持《おもも》ちで古川先生のそばにやって来た。今年のチームの闘《たたか》いぶりが彼《かれ》の気持ちをかき立てたようだ。でも彼はすでに野球部員ではない。

「私《わたし》が出ます」

その時突然《とつぜん》、中野美香が言った。

ぼくは驚《おどろ》いて彼女《かのじょ》を見た。

「私だって野球部員だから、出してください」

古川先生は思いもよらない中野美香の申し出にとまどっているようだった。

中野美香は、古川先生の返事を待たずに、その場で屈伸《くっしん》運動を始めていた。古川先生はその姿《すがた》を見ながら、ゆっくりと審判《しんぱん》のところに近づいていった。審判は何度かうなずき、「代走」と言って一塁《るい》の方向を指さした。

中野美香は羽織《はお》っていたジャケットを脱《ぬ》いだ。一年に一度の対抗戦《たいこうせん》ということで、中野美香もユニホームを身につけていたのだ。

中野美香は弾《はず》むような足取りで、一塁ベースまで駆《か》けていった。一塁の選手は、自分のそばに来た選手が女の子だとわかったのか、まじまじと中野美香の顔を見つめていた。

ツーアウト一塁二塁、得点差はわずかに一点。

ぼくはバッターボックスに向かいながら、緊張《きんちょう》で身体《からだ》がこわばらないように何度も肩《かた》を上下に揺《ゆ》すった。小島があれだけの執念《しゅうねん》を見せて一点をもぎとってくれたのだから、絶対に何とかしたかった。

大きく深呼吸《しんこきゅう》をしてから、ぼくはバットを構えた。応援《おうえん》の声は静かになり、張り詰《つ》めた緊張感がグラウンドを覆《おお》っていた。

ピッチャーがゆっくり振《ふ》りかぶり、一球目を投げた。ボールは外角に大きくはずれた。先ほどの小島との死闘《しとう》でそうとう息が上がっているようだ。

二球目はストライクを意識したのか、ゆるいボールが真ん中に入ってきた。ぼくはそのボールめがけて思い切りバットを振《ふ》り抜《ぬ》いた。打球は強いゴロで、三塁線《るいせん》の外側に転がっていった。力が入りすぎていたのだ。

ぼくは、バットを構える前に再び肩《かた》を上下に揺《ゆ》すった。先ほどまでの緊張感《きんちょうかん》が薄《うす》れ、不思議なほどの落ちつきが感じられた。二塁ランナーの吉田、そして一塁ランナーの中野美香の姿《すがた》も視野《しや》の中にしっかりと入っていた。中野美香をホームに迎《むか》え入れれば勝つことができるのだ。

ぼくはバットを構え、次のボールを待った。ピッチャーが振りかぶり三球目を投げてきた。抑《おさ》えていたものを一気に吐《は》き出すように、ぼくはボールめがけてバットを振った。ガシッという確かな手応《てごた》えがあって、ボールはレフトとセンターの間に飛んでいった。その瞬間《しゅんかん》、大きな歓声がわき起こった。

一塁を回ったところでホームベースを見ると、二塁ランナーの吉田がベースを駆《か》け

抜《ぬ》けていた。外野に目を向けると、野手がやっとボールに追いついたところだった。ぼくはそれを見ながら二塁《るい》に向かった。サードの手前を走っている中野美香の背中《せなか》が見えた。中野美香は、サードベースを回り、そこでスピードをゆるめることなく、ホームめがけてなおも走り続けた。ぼくはその中野美香の走りに目を奪《うば》われていた。

中野美香はただ走っていた。その時の光景は、あとから思い出しても不思議だった。ぼくには周りの歓声が一切途絶《とだ》え、ただ中野美香の走っている姿《すがた》だけが、スローモーションを見るようにゆっくりと、そしてはっきりと見えていたのだ。

中野美香の横に外野から返球されたボールが飛んできた。中野美香もまた小島と同じように頭からホームベースめがけて突《つ》っ込《こ》んでいった。キャッチャーが少し右にそれたボールを拾うと、中野美香の方に向き直った。二人の姿が重なり、そして動かなくなった。

それから審判《しんぱん》のジャッジがあるまでは、実際はほんの数秒だったのだろうけど、ぼくにはとてつもなく長い時間に感じられた。

「アウト」

審判が大声で右手を上げた。中野美香はその判定を確認するように審判を見たあと、ゆっくりと立ち上がった。

試合は終わった。サヨナラ勝ちにはならなかったけど、ぼくらは何とか引き分けに持ち込むことができた。これで一勝一引き分け。あとの二校が一勝一敗と一敗一引き分けだから、その瞬間《しゅんかん》に双葉中学の優勝《ゆうしょう》が決まったのだった。

ホームベースをはさんで整列し、礼をしたあと、ぼくらはベンチに戻《もど》った。町の人たちは大騒《おおさわ》ぎだった。石田さんが目に涙《なみだ》を浮《う》かべながら「みんなよくやった、よくやった」と監督《かんとく》のような言い方でぼくらを迎《むか》えてくれた。

吉田や杉本、森田がぼくの肩《かた》や頭を軽くたたいた。みんな笑顔《えがお》だった。岩崎がゆっくりとぼくに近づいてきて、右手を出した。ぼくも右手を出して軽く握手《あくしゅ》をした。

少し離《はな》れたところに中野美香の姿があった。ぼくは中野美香に近づいていき、「ナイスラン」と言った。中野美香は驚《おどろ》いたように振《ふ》り返り、そのあと小さく首を左右に振《ふ》って下を向いてしまった。

「ちっともナイスランじゃないよ」

中野美香は小さな声で言った。

「佐藤くんのヒットを台無しにしてしまったもの」

「台無しになんかしてないよ。それに……ぼく達優勝《たちゆうしょう》したんだよ」

中野美香の表情はそれでも変わらなかった。

「小島くんもあんなにがんばったのに」

中野美香はそう言ってぼくから離《はな》れていった。ぼくの脳裏《のうり》には、中野美香の躍動的《やくどうてき》なランニングフォームがしっかりと焼き付いていた。

「中野さん」

ぼくは中野美香の背中《せなか》にもう一度声をかけた。

「それでもやっぱりナイスランだったと思うよ」

中野美香は振り返ると、小さくうなずき、少しだけ笑顔《えがお》になった。

そういえば小島はどうしたのだろう。ぼくは小島の姿《すがた》を探《さが》した。小島は、少し離れてエンジンをかけたまま停車している車の中からこちらを見ていた。

小島と目が合った。小島は軽くぼくに向かって頭を下げた。その直後に、車は病院に向かって走り出した。

ぼくは、右手の拳《こぶし》を握《にぎ》り、彼《かれ》の乗った車の後ろ姿に向かって突《つ》き出していた。小島は本当にすごい奴《やつ》だと思った。

4・冬の章

十二月の半ばを過ぎた頃《ころ》、大陸から一級の寒波がやって来た。

ある日突然《とつぜん》、気温がぐんぐんと下がっていくのが感じられたと思ったら、翌朝《よくあさ》には初雪が降《ふ》っていた。その日の雪は積もることなく昼過ぎにはやんだけれど、一週間後に再び降り出した雪は、翌日にはさらに勢いを増し、やがて十センチをこえる積雪となった。

そのあと、降ったりやんだりを繰《く》り返しながら徐々《じょじょ》に本格的な降雪《こうせつ》となり、クリスマスイブの朝には、辺り一面を白一色の世界に変えてしまっていた。

この日が冬休みの始まりだった。ぼくらはどれだけこの日の来るのを待ちわびていたかわからない。なぜなら、クラス全員によるクリスマスパーティーを企画《きかく》していたからだ。

ぼくは自分なりに精一杯《せいいっぱい》のおしゃれをして、少し緊張《きんちょう》しながら十二時五分前に公民館に到着《とうちゃく》した。会場に入ると、そこにはふだんと違《ちが》うクラスメート達《たち》の姿《すがた》があった。

杉本《すぎもと》はモスグリーンのジャケットにネクタイを締《し》め、髪《かみ》はそこまでしなくていいんじゃないかと思えるほど、丁寧《ていねい》にヘアーリキッドか何かでなでつけていた。あの岩崎《いわさき》でさえ派手目《はでめ》のセーターを着て、澄《す》ました顔で座《すわ》っていた。


「レディースアンドジェントルマン」

杉本が大きな声を上げた。

「本日はクリスマスパーティーにようこそ」

そして、右手の指をパチンと鳴らすと、それに合わせて辻内早苗《つじうちさなえ》がＣＤプレイヤーのスイッチを押《お》した。ビング・クロスビーが歌うホワイトクリスマスの曲が流れ出した。甘《あま》い声と軽やかな調べ。その瞬間《しゅんかん》、会場のクリスマスムードは一気に高まった。

杉本は、壁際《かべぎわ》のテーブルに置いてあるボトルを手に取ると、針金《はりがね》をはずし、ふたをゆるめた。その直後、ぽんという音をたててふたが開き、白い泡《あわ》がはじけるような音をたててあふれ出した。

テーブルにはきれいなグラスが八つならんでいた。辻内早苗がこの日のために家から持ち出してきたらしかった。こんなきれいなグラスを、もし割《わ》ってしまったら大変だろうなとぼくは思った。

杉本は八つのグラスに慎重《しんちょう》に液体を注いでいった。

「さあ、みんな一つずつ手に取って」

ホワイトゴールドの液体がグラスの中できらきら輝《かがや》き、小さな泡が盛《さか》んにグラスの底から立ちのぼっていた。

「乾杯《かんぱい》の音頭《おんど》は我《わ》がクラスの委員長、吉田氏《よしだし》に行ってもらいたいと思います」

吉田は、始めのうちは気まずそうにしていたけれど、みんなから吉田コールがわき起こるのを聞くと、苦笑《にがわら》いを浮《う》かべながら立ち上がった。

吉田はしばらくの間グラスを持ったままみんなをゆっくり見回し、みんながじれてきたと思われた時に、突然《とつぜん》大きな声で「メリークリスマス、乾杯《かんぱい》」と言いながらグラスを突《つ》き出した。ぼくらは慌《あわ》ててそれぞれグラスを持ち、吉田のグラスに自分のグラスを重ねていった。八つのグラスが不規則にぶつかる乾《かわ》いた音がしたあと、みんなはグラスに口をつけた。

その液体がのどを通過したとたん、甘《あま》い香《かお》りのあとに、突《つ》き刺《さ》すような感覚がやって来た。直後に食道から胃《い》にかけて熱い感覚が広がっていった。

「なあに、これ」

中野美香《みか》が口を押《お》さえながら言った。

「おい杉本、これって、本物のお酒じゃないのか」

岩崎が大きな声を出した。

「シャンパンだよ、シャンパン。まあまあ、最初の乾杯だけだから、これぐらいはいいだろ。飲んでみるとさ、ジュースとあまり変わらないからさ。雰囲気《ふんいき》だよ、雰囲気」

杉本はそう言いながら、グラスに残ったシャンパンを飲み干《ほ》した。

それは、確かにきつめの炭酸ジュースと思えないこともなかったので、ぼくもまた、そのままゆっくりと残りのシャンパンを飲んだ。ぼくの顔が熱くほてりだしたのはすぐあとのことだった。でも、おかげで、それまでの少し緊張《きんちょう》感を含《ふく》んだ会場の雰囲気が、一気に開放的なものに変わったように思えた。

テーブルの上には、フライドチキンやソーセージなどのオードブル、それに、おにぎりやお菓子《かし》、コーラやジュースなどが所狭《ところせま》しとならべられていた。

音楽がオールディーズのアップテンポな曲に変わった。すると、杉本が辻内早苗の手を取り、リズムに乗って踊《おど》り出した。ポニーテールに束《たば》ねた辻内早苗のロングヘアーが勢いよく揺《ゆ》れ、ふだんの落ちついた感じからは想像できない躍動感《やくどうかん》が感じられた。

それはまるで以前観《み》たことのあるアメリカ映画のワンシーンのように思えた。杉本と辻内早苗がこんなに良いコンビだということを、ぼくはそのとき初めて知った。

そんな二人を、残りのみんなは半ばあきれたような表情で眺《なが》めていた。

曲が終わったあと、二人は決めのポーズを作って、離《はな》れた。まばらな拍手。

「なんだよ、みんな、一緒《いっしょ》に踊《おど》るかと思ったのに」

「ばあーか、そんなことすぐにできるかよ」

岩崎が少しイライラした口調《くちょう》で言った。杉本と辻内早苗のペースに、他《ほか》のみんなはすぐにはついていけない感じだった。

杉本が机《つくえ》の下から別の瓶《びん》を取り出し、すでに空になっている自分のグラスに注いだ。

「他にこのブドウジュースをいる人は」

杉本の声に森田が即座《そくざ》に反応し、グラスを差し出した。杉本は勢いよくそのグラスに注ぐと、自分のグラスを持ち上げて森田にもグラスを取るように促《うなが》した。

「乾杯《かんぱい》」

杉本は再び大きい声で言うと、グラスを傾《かたむ》けた。森田はグラスに口をつけたとたん、ぷっとその赤い液体を吐《は》き出した。

「何だよこれ、ブドウジュースじゃないよ」

その様子を見て杉本はくすくすと笑《わら》い出した。

「ブドウはブドウだけど、ごめん、これワインだったよ」

森田はもう無理という仕草をしながらそのグラスをテーブルの上に戻《もど》した。

「おい、あまり無茶するなよ」

吉田がたしなめたけれど、杉本はそれに取り合わず、グラスをテーブルの上に置くと、辻内早苗の近くに行ってしまった。その直後、新しい音楽が鳴り出し、二人は先ほどと同じようにペアで踊り出した。今度の曲は緩《ゆる》やかなバラードだ。

「さあ、みんなも踊ろうぜ」

杉本が右手を上げてあおり立て、辻内早苗も小森瑞穂《みずほ》と中野美香に向かって、踊ろうよと呼《よ》びかけていた。すると、ぼくの隣《となり》にいた吉田が、ゆっくりと小森瑞穂に近づき右手を差し出した。小森瑞穂は驚《おどろ》いたような表情でしばらくためらっていたけれど、中野美香に促《うなが》されて、吉田の方に一歩踏《ふ》み出した。吉田は小森瑞穂の手を取り、そのままゆっくりと踊《おど》ることができるスペースまで歩いていった。二人は杉本と辻内早苗の姿《すがた》をちらちらと見ながらぎこちなく踊り出した。あの吉田が、こんなに積極的な行動に出るなんて夢《ゆめ》にも思わなかった。

ぼくは中野美香を見た。中野美香もぼくの方にちらっと視線《しせん》を走らせたけれど、すぐに視線を二組のペアに戻《もど》した。ぼくは意を決して中野美香に近づいていった。ぼくが近づいても、中野美香はまるでぼくのことが目に入っていないように、二組のダンスを見つめたままだった。

「いいかな」

ぼくは中野美香に声をかけた。中野美香は、そこで初めてぼくがそばにいることに気がついたかのように、ぼくに視線を移した。

「私《わたし》でいいの?」

中野美香が言った。「もちろん」と言いながら、ぼくは中野美香に右手を差し出した。

どきどきした。女の子とこんな風に密着《みっちゃく》して踊るなんて初めてのことだったからだ。中野美香の身体《からだ》からはとても良い香《かお》りがした。

「残念だったわね」と中野美香がささやくように言った。

「瑞穂を先に取られちゃって」

ぼくは驚《おどろ》いて中野美香の顔を見つめると、「そんなに近くから、見ないで」と言ってぼくの肩《かた》に自分のほおをつけてきた。

ぼくは踊りながら、「別に残念になんか思ってないよ」と言った。それに対して、中野美香はそれがまるで聞こえていないかのように、何の反応も示さなかった。

ぼくらはそのまま何も言わずにゆっくりと踊り続けた。踊るといっても、ただ身体をくっつけて音楽に合わせて身体を揺《ゆ》らしているだけだったけれど……。

やがて音楽が変わり、ぼくは中野美香の身体を離《はな》した。今度は岩崎が辻内早苗と、そして、森田が中野美香とペアになった。杉本は、今度はちゃっかりと小森瑞穂とペアになっていた。

ぼくはそっとみんなのそばを離《はな》れて、会場の外に出た。外はひんやりとしていて、ほてった身体《からだ》に気持ちよかった。ぼくは、ぼくの心の中にあるもやもやとした感情をうまく抑《おさ》えきれずにいた。両手にはまだ先ほどの中野美香の身体の感触《かんしょく》が残っていた。

「これで、クリスマスパーティーはお開きとします」

杉本が、ろれつの回らなくなった口調《くちょう》でそう宣言《せんげん》したのは、四時を少し過ぎた時のことだった。杉本は、うつろな目をしており、足取りもちょっと危《あぶ》なげだった。結局杉本は一人で小さなワインボトルの半分近くを飲んでしまったのだった。

みんなで机《つくえ》の上や部屋の中を片付《かたづ》けた。食べ残しなどは、袋《ふくろ》に小分けして、各自が自宅《じたく》に持ち帰って処分《しょぶん》することとし、ジュースの空き缶《かん》は、公民館の裏《うら》にある回収《かいしゅう》箱《ばこ》に捨てた。しかし、さすがに、シャンパンとワインの瓶《びん》まで回収箱に捨てるわけにはいかず、結局、吉田が持ち帰って何とか処分することになった。

入り口に鍵《かぎ》をかけ、玄関《げんかん》を出たところで、杉本が公民館の前にある石段《いしだん》に腰《こし》を下ろし、座《すわ》り込《こ》んでしまった。

「みんな先に帰っていいよ」

杉本はそう言いながら膝《ひざ》を抱《かか》えるようにして顔を伏《ふ》せた。辻内早苗が心配そうな顔をして杉本の顔をのぞき込んでいたけれど、杉本はあっちへ行けというように辻内早苗を追いやった。

「俺《おれ》はしばらくここで酔《よ》いをさまして帰るから。このまま帰ったら父ちゃんにこれだよ」

そう言いながら、げんこつで自分のほっぺたを殴《なぐ》る仕草をした。

「どうする?」

ぼくは吉田に訊《き》いた。

「放っておこう。こうしていれば、じきにさめるだろう」

ぼくらは杉本をそこに残したまま、歩き始めた。陽《ひ》は西に傾《かたむ》いてはいたけれど、まだ暗くなるまでにはしばらく時間があるだろうから、杉本を一人にしておいても大《だい》丈夫《じょうぶ》だと思ったのだ。

「メリークリスマス」

杉本の大声が背後《はいご》から聞こえてきた。振《ふ》り返ると杉本が両手を振っていた。

「メリークリスマス」

ぼくらは笑《わら》いながら手を振り返した。

ぼくと吉田は、公民館の鍵《かぎ》を返しに行き、そのまま家路についた。まさかそれが、重大な事態につながるとは、その時は夢《ゆめ》にも思っていなかった。


翌朝《よくあさ》、一本の電話が、ぼくを心地よい眠《ねむ》りの世界から引きずり出した。それは古川先生からの電話だった。すぐに学校に来るようにと古川先生が言った。

「理由は学校で話すから、とにかくすぐにだぞ」

古川先生の声はいつになく厳《きび》しい口調《くちょう》に感じられた。ぼくは受話器を置くとすぐに着替《きが》えを始めた。

「何かあったの？」

母さんが心配そうな顔で訊《き》いてきた。

「わからない。とにかく学校に行ってくるよ」

ぼくは着替えを済《す》ませ玄関《げんかん》に向かった。

「朝ご飯くらい食べていきなさいよ」

母さんの声が追いかけてきたけれど、ぼくは、帰ってから食べると言って、そのまま玄関を出た。

外に出ると、吉田が家の前に立っていた。吉田はずいぶん前からぼくの家の前にいて、ぼくが出てくるのを待っていたようだった。

「クラス全員が集められているらしいよ」

吉田は浮《う》かない表情で言った。

冬休みの日に、突然《とつぜん》生徒を学校に呼《よ》び出すからには、何か良くない問題が起きていることだけは確かなようだった。

学校に着くと、古川先生が門のところに立っていた。古川先生はこわばった表情で、教室に入るよう指示した。

ぼくと吉田が教室に入っていくと、すでに岩崎と森田、それに女子の三人が来ていた。

「おはよう」

ぼくは、ちょっと照れながらあいさつをし、ちらっと中野美香を見た。

「まいったな、大事な冬休みに呼《よ》び出されるなんて」

森田がすぐにぼくと吉田のところにやって来た。でも、森田は少しもまいったようには見えず、何が起きるのかわくわくしているようだった。

「なあ、いったい何だと思う」

しつこく話しかけてくる森田が、何だか少しうとましく思え、ぼくは返事をせずに自分の席についた。

「俺《おれ》、本当は今日、町に映画を観《み》に行くつもりだったんだぜ」

「うるさいな、ちょっとは静かに座《すわ》ってろよ」

とうとうたまりかねたように岩崎が強い口調《くちょう》でたしなめた。ぼくと吉田が来る前から、森田はこんな風にしゃべり続けていたに違《ちが》いない。森田は興奮《こうふん》すると、おしゃべりが止まらなくなるタイプのようだった。

森田は岩崎の方を見ながら、しぶしぶという感じで自分の席に腰《こし》を下ろしたけれど、まだ自分の興奮を抑《おさ》えられないみたいで、小刻《こきざ》みに貧乏揺《びんぼうゆ》すりをしていた。

しばらくして、古川先生が教室に入ってきた。古川先生は、教壇《きょうだん》に立つと、ゆっくりとぼくらを見回した。

「どうして今日みんなに集まってもらったかわかるか」

「先生」

森田が言った。

「杉本くんがまだ来てません」

古川先生は、ちらっと腕時計《うでどけい》を見やり、森田の言うことを無視《むし》するかのように続けた。

「昨日《きのう》、お前達《たち》、公民館を借りてクリスマスパーティーをしたらしいな」

それに対して誰《だれ》も答えず、お互いの顔を見合わせた。

「お酒を飲んだろう」

古川先生が続けた。それはぼくらが乾杯《かんぱい》したシャンパンのことを言っているようだった。でも空瓶《あきびん》は確か、吉田が処分《しょぶん》したはずだ。どうして古川先生がもうそのことを知っているのだろう。

「なんでお酒なんか飲んだんだ。お前達はまだ中学生なんだぞ」

古川先生が一人一人の顔を順番に見つめながら話を続けた。

「未成年なんてもんじゃない、まだほんの子供《こども》だ。はめをはずすのもいい加減にしろ。お酒を飲むなんて誰が言い出したんだ」

誰も何も答えなかった。

「なあ、吉田、どうなんだ」

古川先生は吉田を見ながら言った。

「お前は委員長なんだから、ちゃんと説明してみろ」

吉田は何か言いかけたけど、黙《だま》って下を向いた。古川先生は吉田が話し出すのを意地でも待つと決めたみたいに腕ぐみをして、吉田の方を見続けていた。こんな厳《きび》しい顔の古川先生を見るのは初めてのことだった。

「委員長のお前がいながら、なんでこんなことになったのか先生にはさっぱりわからない」

吉田はそれでも黙ったままだった。

「先生、今は休み中なんだから委員長なんて関係ないんじゃないですか」

岩崎が不満そうな口調《くちょう》で言った。

「じゃあ、岩崎、お前言ってみろ」

古川先生が今度は岩崎の方に向き直った。

「誰《だれ》だったか忘《わす》れました」

岩崎が答えた。古川先生はしばらく岩崎を見ていたけれど、大きなため息をつきながら天井《てんじょう》を仰《あお》いだ。

「とにかく、中学生が、しかも公民館でお酒を飲んでいたというのは大問題だ。わかっているのか」

そのあと古川先生は、自分の気持ちを落ちつかせるように、しばらくの間腕《うで》ぐみをしたまま目をつぶっていた。静かな緊張感《きんちょうかん》が教室を支配していた。

「杉本のことはどうした」

古川先生が、再び口を開いた。

「どうして杉本だけ置いて帰った」

ぼく達《たち》は黙《だま》ったまま互いにちらちらと視線《しせん》を交わし合った。

「杉本がどうかしたんですか?」

吉田が古川先生にたずねた。

「昨日《きのう》の夜、杉本が公民館の前で寝《ね》ているところを家族の人が見つけたんだ」

古川先生が吉田を見ながら言った。

「杉本の帰りがあまりに遅《おそ》かったので公民館まで見に行ったら、杉本が公民館の前の階段《かいだん》付近で寝ていたっていうんだ」

それから古川先生は吉田から視線をはずし、ぼくら一人一人に視線を移していった。

「この寒さだ。発見がもう少し遅かったら、杉本は死んでいたかもしれない」

死んでいたかもしれないという古川先生の言葉は衝撃的《しょうげきてき》だった。その時だけ、森田の貧乏揺《びんぼうゆ》すりもとまっていた。

「幸い命に別状はないとのことだが、夜中から熱が出て、今朝《けさ》になってもその状態が続いているそうだ」

辻内早苗がハンカチで顔を覆《おお》ったまま下を向いていた。

「今日はもう帰っていい」

古川先生が疲《つか》れた声で言った。

「ただし、まっすぐ帰って一歩も家から外へ出るな。各自自宅《じたく》でしっかり反省しろ」

先生がそう言うのを待っていたように、みんなは椅子《いす》をがたがたといわせながら立ち上がった。

「佐藤《さとう》は、もうしばらくここに残っていなさい」

ぼくらがそのまま教室を出て行こうとした時、古川先生が言った。

「先生、どうして佐藤だけ残すんですか」

吉田が不満げな口調《くちょう》で言った。

「ちょっと確認しておきたいことがあるだけだ。たいした時間はとらない」

ぼくは、吉田の方に右手をかざして、もういいからと言った。吉田はまだ納得がいかない様子だったけれど、「正門のところで待ってるから」と言いながら教室を出て行った。

中野美香は、何度も振《ふ》り返りながら出口に向かって歩いていった。岩崎は憮然《ぶぜん》とした表情で、森田は相変わらず落ちつきのないそわそわした様子で、そして、辻内早苗は小森瑞穂に抱《かか》えられるようにしながら、中野美香のあとに続いた。

教室には、古川先生とぼくの二人だけになった。古川先生はゆっくりと近づいてきて、ぼくの前の席に身体《からだ》を横向きにして腰《こし》を下ろした。

「なあ、佐藤」

古川先生が、少しかすれた声で言った。

「お酒を持ち込《こ》んだのは、もしかしてお前か？」

それは、ぼくにとって思いもよらない言葉だった。

「違《ちが》います」

と、ぼくは即座《そくざ》に答えた。

「じゃあ誰《だれ》だ」

古川先生がたたみかけるように訊《き》いてきた。ぼく一人をここに残しておいて、しかも誰がお酒を持ち込んだかを言わせようとする先生の意図を、ぼくは図《はか》りかねていた。

ぼくは、もう何も言わないと心に決め、ただ黙《だま》って座《すわ》り続けた。

古川先生はぼくの様子をしばらく見ていたけど、よしわかったと言って立ち上がった。

「佐藤、悪かった、もう帰っていいぞ。ただし、さっきも言ったように、今日は家から一歩も出るなよ」

ぼくはなぜ古川先生がぼくだけにそんな訊《き》き方をしたのか、その意味を知りたかった。

「先生」

ぼくは古川先生の背中《せなか》に向かって言った。

「どうしてぼくが持ち込《こ》んだんじゃないかって思ったんですか」

古川先生はしばらくの間、考えている様子だったけど、やがて決心したように言った。

「杉本のお母さんが、佐藤が持ち込んだんじゃないかって言ってるんだ」

「どうして、杉本くんのお母さんがそう言ったのでしょうか」

「先生にはわからない。ただ、杉本の家に様子を見に行った時、突然《とつぜん》そう言われたんだ」

「杉本は何か言ってましたか」

「杉本もお母さんの言うことを聞いていたんだが、それについて何も言わなかった」

「つまり否定《ひてい》しなかったんですね」

ぼくは立ち上がって古川先生に軽く頭を下げ、教室を出た。心の中では、怒《いか》りとも、悲しみとも違《ちが》う、複雑な感情が渦巻《うずま》いていた。

正門近くで、吉田が心配そうな顔で待っていた。その横に岩崎と中野美香もいた。

「古川先生何だって？」

吉田が訊《き》いてきた。ぼくは、首を左右に振《ふ》って、何でもないと答えた。ぼくはそれ以上もう何も言いたくなかった。ただ、一刻《いっこく》も早く一人になりたかっただけだ。

「悪い、用事があるから先に行くよ」

ぼくは三人に向かってそう言うと、そのまま歩き出した。

「佐藤」

岩崎の声がぼくの背中《せなか》に突《つ》き刺《さ》さってきた。ぼくは足をとめて振り返った。

「お前、何を一人でいきがって抱《かか》え込《こ》んでんだよ」

岩崎はぼくの目をまっすぐに見つめながら言った。ぼくは先ほどのことをよほど話してしまおうかと思ったけど、自分の中にいるもう一人のぼくが、話すことを懸命《けんめい》に押《お》しとどめていた。


ぼくはそのまま何も言わずに足早にみんなから離《はな》れていった。

その時、ぼくは自分のずるさを感じていた。こうすることによって自分が傷《きず》ついていることを、実は何よりもみんなに訴《うった》えようとしているように思えたからだ。でも何もない顔をして、みんなとふつうの態度で接するほどぼくは強くない。ぼくは足早に歩きながら、それこそ全身でＳＯＳの信号を三人に向かって送り続けていたに違いなかった。

そのことを強く思ったのは、家に戻《もど》り自分の部屋に寝《ね》ころんでいる時のことだった。ひょっとしたらあの時のぼくは、三人が追いかけてきて強引に聞き出してくれることを密《ひそ》かに期待していたのかもしれない。

素直《すなお》じゃないと思った。でも、やはり何も言わないで良かったという気持ちも心の片隅《かたすみ》にあった。彼《かれ》らはおそらくぼくの話を聞くと、ぼくと同じか、それ以上に憤《いきどお》るに違《ちが》いない。そしてぼくが傷《きず》ついていることを察して過剰《かじょう》にやさしく接してくれたことだろう。でもそれがまたさらなる居心地《いごこち》の悪さを呼《よ》び込《こ》むことになったことは間違いない。

ぼくは、身体《からだ》を起こすと、そのまま壁《かべ》に向かって逆立ちをした。嫌《いや》なことがあると、ぼくはいつも逆立ちをする。ぶるぶる両方の腕《うで》が震《ふる》え、頭に血が下がってくると、嫌なことがそのまま、足の先から抜《ぬ》けていくように思えたからだ。そして、力尽《つ》きて、床《ゆか》に崩《くず》れ落ち、大の字になって天井《てんじょう》を見上げた。

自分の中のエネルギーが、どんどん少なくなっていくように感じられ、身体を支えていることさえ面倒《めんどう》だった。もう何も考えたくはない。本当になんにもだ。

その時窓《まど》ガラスが小さな音をたてた。ぼくはちらっと窓の方を見たけれど、そのまま天井を見上げた。しばらくして、再びガラスをたたく音がした。しかも今度は、その音がしばらくの間続いた。ぼくは身体を起こし、窓のそばまで行った。窓を開けると、窓の下で、杉本がしゃがみ込んでぼくを見上げていた。

杉本はちょっといいかなと言い、ぼくが返事をするよりも早く、窓を乗り越《こ》えて部屋の中に入ってきた。杉本はまだ具合が悪そうで、唇《くちびる》の色は紫《むらさき》に近かった。

「大丈夫《だいじょうぶ》なの?」

ぼくは、ベッドに座《すわ》って、小さくふるえている杉本のそばにストーブを近づけながら訊《き》いた。

「いやあ、まいった」

杉本は苦笑《にがわら》いを浮《う》かべながら言った。

「ちょっと調子に乗りすぎたみたいでさ。家でもひどく怒《おこ》られちゃった」

「ぼくらもちゃんと一緒《いっしょ》に帰ればこんなことにならなかったのに」

「自業自得《じごうじとく》だよ。それよりみんなに迷惑《めいわく》かけちゃった」

そのあと杉本は、ぼくの顔をちらっと見て、また下を向いた。

「特に……」

杉本はそこで言葉をきって、しばらくの間ためらっているようだったけれど、意を決したように続けた。

「特に、佐藤には悪いことしたと思ってる。うちの親が、佐藤がそそのかしたみたいに思っていて」

その時廊下《ろうか》を人が歩く音がした。杉本は慌《あわ》てて、ベッドの横にあるわずかなスペースに隠《かく》れ、ぼくは杉本の姿《すがた》を隠すようにベッドに腰掛《こしか》けた。

「お友達《ともだち》が来たから、あがってもらうわよ」

母さんが部屋の中をのぞき込《こ》みながら言った。

「友達？」

「吉田くんとあと二人」

母さんはそう言いながら、部屋から離《はな》れていき、入れ違《ちが》うように、吉田、岩崎、そして中野美香の三人が入ってきた。

三人とも神妙《しんみょう》な顔つきのまま突《つ》っ立っていた。

「わかったよ。佐藤がどうして一人で帰っちゃったのかっていうことが」

吉田が言った。

「先生に聞いたの」

中野美香が言った。

「私達《わたしたち》三人、あのあと教室に戻《もど》って先生に詰《つ》め寄ったの。そうしたら、先生が実はって話してくれたの。佐藤くんは何にもしてないって先生に言っておいたから」

「杉本の野郎《やろう》、今度会ったらぶん殴《なぐ》ってやろうと思っている」

岩崎の口調は静かだったけど、本当に殴りかねない迫力《はくりょく》があった。

その直後、岩崎がおやっというようにぼくが腰掛《こしか》けているベッドの奥《おく》に目を走らせ、それを確認するように一歩前に出た。

「おい、杉本、お前ここで何やってんだよ」

岩崎が大きな声を出した。杉本はいたずらを見つかった子供《こども》のように、罰《ばつ》の悪そうな表情を浮《う》かべながら身体《からだ》を起こした。

「見つかっちゃった」

「見つかったって、なんでお前がここにいるんだよ。お前のせいで大変な騒《さわ》ぎになっているんだぞ」

岩崎が杉本に詰《つ》め寄っていくのを吉田が慌《あわ》てて間に割《わ》って入ってとめた。杉本はベッドの隙間《すきま》から出て、畳《たたみ》の上にあぐらをかいた。

「母ちゃんには俺《おれ》が首謀者《しゅぼうしゃ》だってちゃんと話したよ。だからこれ以上騒ぐなって。そしたら、思い切り張り倒《たお》されたよ」

杉本は自嘲《じちょう》ぎみに笑《え》みを浮かべて岩崎に顔を向けた。

「だから、岩崎、もう勘弁《かんべん》してくれよ」

岩崎は仕方がない奴《やつ》だというように頭を小さく振《ふ》った。

「ひどい親だよな、病《や》み上がりの息子《むすこ》に手を出すなんて」

「どこが病み上がりなんだよ。ただの二日酔《ふつかよ》いのくせしてさ」

岩崎がそう言うと、ようやくみんなの口から笑《わら》い声がもれた。


そのとき廊下《ろうか》を足音が近づいてきて、ノックと共にドアが開いた。母さんがお盆《ぼん》の上にジュースとお菓子《かし》をのせて立っていた。

「ずいぶん楽しそうね」

そう言いながら母さんは、みんなを見渡《みわた》しながらコップをテーブルに移していった。

「あらっ、これじゃ足りなかったわね」

母さんはジュースのコップを四つ置き終えてから言った。部屋にはぼくを入れて五人いたからだ。

「ごめんなさい、さっき来られたのは確か三人だと思ったんだけど、四人だったのね」

慌《あわ》てて母さんが出て行こうとした。

「あっ、おばさん、俺《おれ》さっき家で飲んできたのでジュースはいいです」

杉本が言った。母さんが本当にいいのと訊《き》くと、杉本はこくんとうなずいた。

「ごめんなさいね」そう言いながら母さんは部屋から出て行った。

「お前ひょっとしたら玄関《げんかん》から入ってこなかったのか」

岩崎が驚《おどろ》いたような表情で言った。

杉本は頭をかくような仕草をしながら窓《まど》を指さした。

吉田が立ち上がって窓に近づき、下を見た。そしてあきれたように言った。

「杉本の言うとおりだ、そこに靴《くつ》があるよ」

「ところで杉本、佐藤の濡《ぬ》れ衣《ぎぬ》どうするつもりだ」

岩崎が改まった口調で言った。

ぼくはもうそんなことはどうでもいいと思っていた。杉本を置き去りにして帰ったことは事実だし、杉本が生きてるだけで本当に十分だ。

ぼくがそう言おうとする前に杉本が口を開いた。

「俺《おれ》を一発ひっぱたいたあと、母ちゃんは慌《あわ》てて学校に出かけていったよ。だから、今頃《いまごろ》先生にも首謀者《しゅぼうしゃ》が俺だって伝わっていると思うよ。実は、俺はそのすきに家を抜《ぬ》け出してきたんだけどさ」

「ということは黙《だま》って家を出てきたの？」

ぼくが訊《き》くと、杉本はえへへと言いながらうなずいた。

「えへへじゃないよ、早く帰れ、また騒《さわ》ぎになるじゃないか」

吉田が言った
「もうこれ以上騒ぎはこりごりだよ。さあ、早く」

吉田は杉本の肩《かた》に手をかけて立たせようとした。

杉本はその手を振《ふ》り払《はら》うようにしながらゆっくりと立ち上がった。

「じゃあ、ぼくらももう帰るよ、長居《ながい》するつもりで来たんじゃないから」

吉田がそう言うと、岩崎と中野美香も立ち上がった。

「あらもう帰るの、ゆっくりしてもらってかまわないのに」

母さんが玄関《げんかん》まで出てきて言った。杉本が慌てて手に持った靴《くつ》を自分の後ろに隠《かく》すのがおかしかった。

中野美香がぼくに向かって、「本当に良かった」とささやくように言いながら出て行った。

5・春の章再び

ぼくは一人で廃屋《はいおく》の前に立っていた。それは、去年の夏、激《はげ》しい雷雨《らいう》を避《さ》けるために、ずぶ濡《ぬ》れのまま飛び込《こ》んだあの廃屋だった。

ぼくは四月になると、この町を離《はな》れることになった。父さんが東京の勤務《きんむ》に戻《もど》ることになったからだ。結局、ぼくがこの町にいた期間は一年にも満たないことになる。

ぼくのことを思って父さんが職場の上司に直訴《じきそ》したのか、たまたまそうなったのかはわからない。それを父さんから知らされた時の母さんは、心底ほっとした様子だった。

これでぼくの進学問題が解決すると思ったのだろう。でも、ぼくの気持ちは複雑だった。ぼくはこの町のことが、そして今の学校のことがとても好《す》きになっていたからだ。

父さんは、落ち込んだ様子のぼくを不思議そうに見ていた。誰《だれ》よりもこのぼくが一番、東京に戻ることを喜ぶと思っていたらしい。

「今回が家族で引っ越《こ》す最後になりそうだな」

父さんはぼくと母さんに話したあと、独《ひと》り言《ごと》のようにつぶやいた。それは、この先また地方への転勤があったとしても、その時は父さんが一人で赴任《ふにん》するということを意味しているようだった。

「これまであちこち連れ回して悪かったな」

父さんはぼくにそう言ったけど、父さんは大きな誤解《ごかい》をしている。悪いのは連れ回されたことではなく、たった一年足らずでこの町から引き離されることなのに。


町を離れる前に、ぼくはもう一度この廃屋を見ておきたいと思った。というよりも、ぼくは、心からの感謝を込めてこの廃屋を隅々《すみずみ》まできれいにしようと思ったのだった。

あの夏以来、ぼくは何度もこの廃屋のことについて考えた。どれだけ先のことかわからないけれど、かつてこの家で生まれ、この家で育った人が、この地に、そしてこの家に戻《もど》ってくるかもしれない。そして、戻ってくるのは、この家に住んでいた人なんかではなく、ひょっとしたら、このぼくかもしれない。

ぼくは、あの日、家の中や囲炉裏《いろり》の周りを散らかしたままにしてきたのではないかと、心苦しく思っていたのだった。だから、引っ越《こ》しを半月後に控《ひか》えた日曜日、掃除《そうじ》道具を自転車の荷台にくくりつけ、えっちらおっちらとやって来たのだ。

玄関《げんかん》の戸が十センチほど開いたままになっており、中をのぞき込《こ》むと、吹《ふ》き込んだ風によるものか、紙くずなどが、あの時よりももっと乱雑《らんざつ》に散らかっているのが見えた。

ぼくは戸を開けようと力を込めた。でも、戸はぴくりとも動かなかった。妙《みょう》なはずれ方をして、それがそのままの状態で固定しているようなのだ。

わずかな隙間《すきま》から左肩《ひだりかた》を差し入れ、全身でこじ開けようとしたけれど、戸はびくともしなかった。ぼくは一度大きな呼吸《こきゅう》をしてから、半ば身体《からだ》を預《あず》けるようにして、戸を開けようとしたが、あまりに力を入れすぎたせいか、はずれた戸が外側に倒《たお》れて

きた。何とか右手で支えようとがんばったけれど、戸は無情にもそのまま地面に激突《げきとつ》してしまった。ぼくはただ呆然《ぼうぜん》と、倒《たお》れた戸を見つめていた。

片付《かたづ》けに来たはずなのに、もっとひどいことをしてしまったという後悔《こうかい》の気持ちを抱《いだ》きながら、戸を入り口の横の壁《かべ》に立てかけた。それでもすぐに気を取り直し、ぼくはゆっくりと玄関《げんかん》付近に散らかったものを片付け始めた。雑誌や、形あるものはひもで結わえて部屋の隅《すみ》に置き、紙切れや単なるゴミは、持ってきたゴミ袋《ぶくろ》に放り込《こ》んだ。

こんなぼくの姿《すがた》を、母さんは想像することすらできないだろう。ぼくの部屋ときたら、空間を探《さが》す方が難《むずか》しいくらいに、ものが散乱していて、いつも怒《おこ》られてばかりいたからだ。

ぼくは近くの川から水をくんできて、ぞうきんを濡《ぬ》らすと、板の間や畳《たたみ》を丁寧《ていねい》に力を入れてふき始めた。両膝《りょうひざ》をついて、力任せにぞうきんがけをしていると、やがて、身体《からだ》が温かくなり、額から汗《あせ》が噴《ふ》き出して、そのまま板の間に雫《しずく》となってたれ落ちた。

三十分ばかりそんな風にぞうきんがけを繰《く》り返していると、玄関とその奥《おく》の畳の部屋が幾分《いくぶん》かはきれいになったようで、うれしくなった。

ぼくは上半身を起こして、大きく伸《の》びをしながら何気なく玄関の方に目を向けた。

その瞬間《しゅんかん》、驚《おどろ》きのあまり手に持っていたぞうきんを畳の上に落としてしまった。

そこには、クラスのみんなが立っていたからだ。

みんなそれぞれに、ほうきやバケツ、ゴミ袋などを手にしていた。

「あーあ」

杉本《すぎもと》が、これ見よがしにはずれた戸を見回しながら大きな声を上げた。

「佐藤《さとう》がやったのかよこれ」

玄関にいる他《ほか》のみんなから笑《わら》い声がもれた。

「大丈夫《だいじょうぶ》だよ」

森田がリュックからドライバーを取り出した。森田はいつもこうなのだ。おっとりとしながら、不思議な袋のようにリュックから思いもよらないものを取り出す。

「どうしてここにいるのがわかったの?」

ぼくはみんなの顔を見回しながらたずねた。

「佐藤くんの考えることなんか、お見通しだよ」

中野美香《みか》が笑《わら》いをかみ殺すようにしながら答えた。

お見通しと言われても、ぼくは自分の行動を掲示板《けいじばん》にかかげているわけではないのだ。

ぼくがあまりに不思議そうな顔をしていたのだろう、吉田《よしだ》が我慢《がまん》しきれないように吹《ふ》き出しながら言った。

「ごめんごめん。実は今日、ぼくが佐藤の家に行ったら、お母さんが出てきて、佐藤は自転車に掃除《そうじ》道具を積んで山の方に出かけたって聞いたものだから」

「でもぼくは、母さんには何をしにいくかって言ってなかったんだけど」

「それは、ぼくの直感だよ。きっとここだろうと思って。でもあんまりぴったし当たったのでおかしくってさ」

そう言いながら吉田が笑った。

すぐにみんなで掃除にかかった。ぼくが一人でやっている時の何倍もの速さで家の中は片付《かたづ》き、それから、ほんの一時間ほどで見違《みちが》えるようにきれいになった。片付けられ、そして、うずたかく積もったほこりをぬぐい去ったあとの部屋の中の空気は、ぼくが入ってきた時とは一変して、とても澄んでいるように感じられた。

掃除を終えたぼく達《たち》は、囲炉裏《いろり》を取り囲むようにして座《すわ》った。ちょうど、去年のあの時のようにだ。

ぼくは、すっかりきれいになった家の中を見渡《みわた》した。玄関《げんかん》の戸は、森田が器用に修理してくれたおかげでもとの位置に納《おさ》まっていた。森田はふだんのんびりとしていて何をしても不器用そうにしか見えなかったので、そのあまりのできばえにみんなはいたく感心した。

「きれいになったね」

中野美香がうれしそうな口調で言った。

「持ち主が戻《もど》ったら怒《おこ》るんじゃないかな」

ぼくは言った。

「きれいにして怒る人はいないんじゃない」

「でも勝手に他人が入って、家の中をさわったら面白くはないだろうね」

「どうだかね、だって帰ってくるかどうかもわからないんだぜ。いや、絶対に帰ってこないと思うよ」

杉本が横から割《わ》り込《こ》んできた。

ぼくは、かばんを開けて封書《ふうしょ》を取り出した。

「これをここに置いておこうと思って書いてきたんだ」

「何？」

「去年の夏、ここで雨宿りさせてもらって助かりましたっていうお礼の手紙だよ」

「うそだろう？　佐藤にはつきあいきれないよ」

杉本があきれたような声を出した。

「まあいいじゃん、これが佐藤の良いとこなんだから」

吉田はそう言いながら、かばんの中から紙パックのジュースを取り出した。

「のどがかわくと思ってさ」

本当に吉田は、いつも冷静沈着《ちんちゃく》でやることすべてにぬかりがない。ジュースは少しぬるくなりかけてはいたけれど、細胞《さいぼう》の一つ一つがゆっくりと生き返ると感じられるほどおいしかった。ぼくらはしばらくの間、そのまま黙《だま》って座《すわ》っていた。心地よい空気に満たされた沈黙《ちんもく》だった。

「なあ」

沈黙を破《やぶ》ったのは吉田だった。

「佐藤とはもうすぐお別れだし、ぼく達《たち》も来年の春には中学を卒業してばらばらになる」

吉田はそこでちょっと口をつぐんでみんなの顔を見回した。

「で、来年の今頃《いまごろ》、またここで会わないかと思って……みんなでさ。もちろん佐藤も絶対東京から来てくれるはずだから」

それはすてきな提案だった。それを聞いてみんなの表情がぱっと明るくなったように思われた。

「ぼくもそれがいいと思うよ、これっきり佐藤くんと会えないなんてあまりに寂《さび》しいから」

森田がうれしそうに言った。

そのとき、「ふん」と岩崎《いわさき》が言った。

「なんだかべたべたして、ぞっとするよ」

その瞬間《しゅんかん》、おだやかに流れていた部屋の空気が少し重くなったように感じられた。

吉田が岩崎に向かって口を開こうとした時、岩崎がそれをさえぎるように続けた。

「俺《おれ》はさ、来年の今頃《いまごろ》、この家の戸締《とじ》まりがきちんとできているかを確認しに来るつもりだ。みんなも心配でやって来て、偶然《ぐうぜん》ここで顔を合わせるっていうか、そういうことならあるかもしれないけど」

岩崎はそう言い終わると、そのまま玄関《げんかん》から外へ出て行ってしまった。

「何だよあいつ……」

杉本が玄関の方を振《ふ》り返りながら不満げな口調で言った。

吉田はそれには取り合わず笑《わら》い転げていた。

「岩崎は大賛成だって言ってるんだよ。あれは岩崎流の照れ隠《かく》しだ」

ぼくは岩崎の消えた玄関の方を見た。この一年で、ぼくと彼《かれ》との距離《きょり》が、少しは縮《ちぢ》まったのかもしれないと思った。


それから二日後、吉田が、親戚《しんせき》に不幸があって学校を休んだので、ぼくは一人で学校に行くことになった。思えば、この学校に転校してきて以来、一人で通学するのは初めてのことだった。ぼくは、妙《みょう》に落ちつかなくて、いつもより早く家を出た。

双葉《ふたば》中学とも今週いっぱいでお別れだと思うと、寂しさが胸《むね》の奥《おく》で渦巻《うずま》いていた。

ぼくはこの一年間に起きた出来事を断片的《だんぺんてき》に思い起こしながら、ゆっくりと学校への道を歩いていった。始業時間までにはまだ三十分近く時間があったので、通学路には、生徒の姿《すがた》はなかった。

ぼくは、誰《だれ》もいない校庭に入り、そしてしんと静まりかえった廊下《ろうか》を進み、教室へと入っていった。教室には当然のことながら誰もいないと思っていた。

でも、そこにはすでに一人の生徒の姿があった。

それは、中野美香だった。ぼくは不意を突《つ》かれて、教室の入り口で立ちすくんでしまった。中野美香は、開け放った窓の窓枠《まどわく》に両手を置いて、ただじっと外の風景を眺《なが》めていた。柔《やわ》らかい朝の陽射《ひざ》しが中野美香の全身を照らしていて、その姿は息をのむほどきれいだった。

ぼくは完全に思考停止になったまま、中野美香の後ろ姿を見ていた。背後《はいご》での人の気配を感じてか、中野美香がゆっくりと振《ふ》り返った。

「佐藤くん?」

中野美香は驚《おどろ》いたような声を出した。

「どうしたの、こんなに早く」

こんなに早くっていっても、中野美香はぼくよりさらに早く来ているわけだから、それはこっちが言いたいセリフだと思った。でも不意を突《つ》かれるとはこのことで、何か言わなくてはと思えば思うほど、何を言って良いのかわからなくなるしまつだった。

「中野さんこそ、どうしてこんなに早く来ているの？」

ぼくはようやく絞《しぼ》り出すように声を出した。

「私《わたし》はいつもこの時間には教室に来てね、誰《だれ》もいない教室でこうやって窓《まど》の外を見ながら、みんなが登校してくるのを見るのが好《す》きなの」

中野美香はおだやかな口調で言った。

この学校に来て以来、三人の女子の中で、中野美香がぼくにとって一番近い存在だったけれど、こうして改めて彼女《かのじょ》と二人きりになってみると、何だか妙《みょう》に息苦しく感じられた。

「しんとしている教室の中で、こうやって一人でいるとね、何だかとても落ちつくの。

それからね、ねえちょっとこっちに来て」

中野美香はぼくを窓のそばに誘《さそ》った。

ぼくは中野美香に近づいていき、隣《となり》にならんだ。

「こうして見ていると、まず、瑞穂《みずほ》と早苗《さなえ》が来て、それから数分して三年生の女子が二人、すぐあとに一年生のグループがじゃれるように入ってきて、それから、しばらーくしてからね、佐藤くんが吉田くんといつも何か真剣に話をしながらやって来るの」

ね、面白いでしょ？　中野美香はぼくを見つめながら言った。

「いつもぼくらが歩いてくるのを見ているの？」

「そう、だいたいいつもね」

そう言いながら、中野美香は意味ありげな笑《わら》いを浮《う》かべた。

そんなことはまったく知らないことだったし、知らないで良かったと思った。だって、毎朝、ここから中野美香に見られていると思うと、すごく意識してしまうに違《ちが》いないからだ。

「佐藤くんって、瑞穂のことどう思ってるの？」

突然《とつぜん》、中野美香が言った。

「佐藤くんは瑞穂のことが好《す》きなんでしょ？」

予期せぬ中野美香の質問に、ぼくはすぐに言葉が出なかった。クリスマスパーティーの日、二人でダンスをしている時も中野美香が、瑞穂を取られて残念だったわねと言ったことを思い出した。

小森瑞穂は確かにぼくにとってあこがれの存在だった。ある時までは……。でも今は、彼女《かのじょ》よりももっと身近に感じられる存在が目の前にいる。

あの廃屋《はいおく》の中の囲炉裏《いろり》の端《はた》で囲炉裏の炎《ほのお》に照らされた中野美香の姿《すがた》を、あれからぼくは何度思い浮《う》かべたことだろう。そしてクリスマスの日に踊《おど》ったときの彼女の身体《からだ》のぬくもりを。

「ぼくは……」

ぼくはそう言いかけて言葉に詰《つ》まってしまった。彼女に伝えるべき言葉を頭の中でうまく整理できなかった。中野美香はぼくを見ずに窓《まど》から外を見ていたけれど、ぼくの次の言葉をじっと待っているように思われた。

「正直に言うと」

ぼくは次の言葉をたぐり寄せるようにしながら言った。

「小森さんにはあこがれていた」

それを聞いて中野美香は「やっぱりね」と言って笑顔《えがお》になった。

「私《わたし》の勘《かん》は絶対なんだ」

そうして、さばさばした表情で空を見上げた。

「そうとも言えないかもしれないよ」

ぼくは慎重《しんちょう》に言葉を選びながら続けた。

「あこがれはあこがれだけど、ぼくにはもっと気になる子がいるんだ」

中野美香の表情から笑顔が消えた。

「早苗？」

ぼくは首を振《ふ》った。

「えっ……」

中野美香は驚《おどろ》いた様子でぼくを見た。ぼくは静かにうなずいた。

そのとたん中野美香の顔が赤くなった。そしてすぐに窓《まど》の外へ視線《しせん》を戻《もど》した。

「うそだよ」

長い沈黙《ちんもく》のあと中野美香が言った。

「そんなのうそ」

「うそじゃない」

ぼくは言った。

「それならどうして、たった一年でここを離《はな》れていっちゃうの？」

そう言う中野美香の目は、少し潤《うる》んでいるように見えた。

中野美香の言うとおりだ。本当にどうしてぼくはたった一年足らずでここを離れていかなくっちゃいけないいんだろう。どうしてせめてもう一年ここで暮《く》らせないいんだろう。でもぼくはすぐにそんな思いを振り払《はら》った。すでにその方向に動き始めているのだからうじうじ考えても仕方がない。ぼくは確かに東京に戻《もど》るけど、ぼくはここで故《ふる》郷《さと》を手に入れることができたのだ。そしてそれは、ぼくのこれからの人生にとって、本当に大切な宝物のような気がした。それに、東京なんて近いものだ。列車でたった三時間ほどの距離《きょり》でしかない。その気になれば、いつだってここに戻ってくることができるのだ。そうだ、本当に大した距離じゃないんだ。

「きっとまたすぐ会えるよ」

ぼくは明るい声で言った。

「会おうと思えばいつだって会えるし、電話やメールだってある」

中野美香は少し赤くなった目でぼくを見た。そしてゆっくりうなずくと笑顔《えがお》になった。

「ああなんか変、悲しいんだかうれしいんだか、わからなくなっちゃった」

その時、下からおはよぅーっという声がした。見ると小森瑞穂と辻内《つじうち》早苗がぼく達《たち》を見上げて手を振《ふ》っていた。中野美香は慌《あわ》てて涙《なみだ》をぬぐうと、おはよーっと下の二人に負けないぐらいに元気な声を出して手を振った。ぼくは、場違《ばちが》いな場面に同席しているようで、少し居心地《いごこち》の悪い気持ちになった。

「佐藤くん、おはようー」

辻内早苗が大きな声を出してぼくに向かって手を振った。ぼくは、おはようと言いながら小さく手を振り返した。それを見て、小森瑞穂と辻内早苗は顔を見合わせて笑《わら》った。そして、すぐに校舎の中に入って姿《すがた》が見えなくなった。

中野美香はポケットからハンカチを出して目のあたりを押《お》さえたあと、さばさばした口調で「ありがとう、佐藤くん」と言った。

「ぼくも中野さんと今朝《けさ》ここで話ができて良かったと思っているよ」

中野美香はいつもの笑顔《えがお》でうなずくと、ぼくのそばを離《はな》れていった。

ぼくはその場につっ立ったまま、窓枠《まどわく》に両手をついて、空を見上げた。近くの山が春霞《はるがすみ》でぼんやりと霞《かす》んでいた。春の空気が風に乗ってゆっくりと流れていた。

春休みに入るとすぐに、この町を離れる日がやって来た。ぼくは駅のホームでクラスメート達に囲まれていた。父さんと母さんは自家用車に乗って、すでに朝早く東京に向けて出発していた。ぼくは一人、列車で東京に向かうことにしていたのだ。変な映画の見過ぎかもしれないけれど、別れは駅のホームにかぎるとぼくは思っていた。

そして事実、みんなが駅に見送りに来てくれた。でも、ぼくらはうまくその時間を過ごすことができなかった。別れの寂《さび》しさと、それを口に出す気恥《きは》ずかしさなどが入りまじった妙《みょう》な気持ちだった。

小森瑞穂と辻内早苗が、中野美香をぼくの前に押しやった。中野美香は身体《からだ》を硬《かた》くして下を向いており、その後ろで二人が目を合わせてくすくす笑っていた。

中野美香は手に持った紙袋《かみぶくろ》をぼくに向かって差し出し、「これ、みんなから」と言った。

「それからこれ、お弁当。今朝《けさ》作ったの。電車の中で食べてね」

ふだんの中野美香とは思えないほどか細い声だった。

「ありがとう」と言いながら、ぼくは紙袋《かみぶくろ》とお弁当を受け取った。それから改めてみんなの顔を一人一人見ながら「本当にありがとう」と言った。でもその中に、岩崎の顔はなかった。岩崎は、結局来てはくれなかったみたいだった。やっぱりまだぼくに対してわだかまりを感じているのかもしれないと思った。

「大丈夫《だいじょうぶ》、みんなからという中に岩崎も入っているから」

そんなぼくの気持ちを察してか、吉田が慌《あわ》てて取り繕《つくろ》うように言った。

「きっと、急な用事ができたんだよ」

さすがに吉田は最後まで吉田だ。空気を読んで先回りして何とかしようとする。

ぼくを乗せた列車が静かに動き出した。杉本がしきりに窓《まど》をたたいている。みんなは笑顔《えがお》でぼくを見ていたけれど、ぼくはうまく笑顔を作ることができなかった。

列車が速度を増し、みんなの顔がすごい早さで流れていった。

吉田、杉本、森田、中野美香、小森瑞穂、辻内早苗……。

胸《むね》の中がぽっかりと空洞《くうどう》になったようで、それでいてぐっとひきつっているような感覚を覚えた。ぼくは大きなため息をついてから、再び車窓《しゃそう》に目を向けた。

何も考えることができなかった。ただみんなの顔が浮《う》かんでは消えていった。岩崎の顔が浮かんだ時、彼《かれ》はとうとう今日、ホームに姿《すがた》を見せなかったと思った。それが唯一《ゆいいつ》の心残りだった。

五分ほどで次の駅に着いた。人影《ひとかげ》のないその駅から、一人だけ乗客があった。その乗客はゆっくりとぼくのそばに近づいてきた。

岩崎だった。あっけにとられて見つめているぼくを尻目《しりめ》に、岩崎はそのまま何食わぬ顔で、ぼくの前の座席《ざせき》に腰《こし》を下ろした。

「勘違《かんちが》いすんなよ」

岩崎がいつものようにぶっきらぼうな調子で言った。

「ちょうど用事があって、たまたま同じ列車に乗っただけだからな」

「でもうれしいよ、もう会えないのかなって思っていたとこだったから」

ぼくは岩崎に言った。

岩崎はしばらくの間、ぶすっとした顔で車窓《しゃそう》から外の景色を眺《なが》めていたけれど、突《とつ》然《ぜん》、「何でだよ」とぼくを見ずに、つぶやくように言った。

「なんでこんなに早く行っちゃうんだよ。俺《おれ》からピッチャーを取り上げといてさ」

「父さんが転勤《てんきん》だから仕方がないんだ」

ぼくがそう言うと、岩崎はちぇっと小さく舌打《したう》ちをした。

「そんなことは、知ってるよ」

ぼくは岩崎が何を言うつもりなのかわからなかった。

「正直に言うと、俺、佐藤のことが気になりながらもちょっと憎《にく》らしかった」

「……」

「俺がいくらくってかかっても、いつも悠然《ゆうぜん》としてるってところがだよ」

ぼくが、悠然としてるなんてことは全然ない。ぼくはぼくなりにいつも傷《きず》ついたり、イライラしたりしているのだ。でも、もしぼくのことがそんな風に見えるなら、ぼくは転校を繰《く》り返すうちに、自分の感情を表に出すことがへたくそになっていたのだと思う。本当だよ、岩崎、ぼくは本当はそんなんじゃないんだ。ぼくは心の中でそう繰り返した。

「でも佐藤、なんでそんなに無理してるんだよ」

突然の岩崎の言葉だった。ぼくは思わず岩崎を見た。

「なんでもっと怒《おこ》らないんだよ。なんでもっと感情をむき出しにしないんだよ」

ぼくは、少しの間何も言えずに岩崎の顔を見続けていた。

ぼくが自分の感情を押《お》し殺しながら生きてきたことは確かだ。それが転校生として生きていく最善の方法のように思っていたからかもしれない。

「じゃあ、訊《き》くけど、岩崎もけっこう無理してるだろ」

ぼくがそう言うと岩崎はえっという表情でぼくを見た。

「いつも、自分を過剰《かじょう》にカバーして」

岩崎はしばらく黙《だま》っていたけれどすぐににやっと笑《わら》ってぼくを見た。そのうちそれがこらえきれないというような笑いに変わっていった。

「何がおかしいのさ」

ぼくは少し怒《おこ》ったような口調で言った。

「なんか似てるかもな、俺《おれ》たち」

岩崎は笑いをかみ殺すようにしながら言った。

「俺も佐藤と同じで、確かにかなり無理してるなあって、そう思ったら何だかおかしくなってきてさ」

ぼくは、すっきりとうれしい気持ちになっていた。岩崎と最後に二人きりでこんな風に話ができるなんて、思ってもいなかったからだ。

「あんなに反発していなかったらもっと親しくなれたのにって思うと、自分がちょっと嫌《いや》になるよ。正直に言うと少し後悔《こうかい》してる」

岩崎は今までになく素直《すなお》な口調で言った。

いいよ岩崎、時間なんてまだぼくらの前には無限に思えるほどあるんだから。もう少しぼくらが自由に動けるようになったら、きっとまた会うことができる……いや、ぼくは絶対にまたここに戻《もど》ってくるつもりだから。早い話、来年の三月にはあの廃屋《はいおく》でまた再会するのだから。

「吉田もな、時々羨《うらや》ましいんだよ」

岩崎が言った。

「俺と違《ちが》ってストレートな奴《やつ》だから」

吉田のストレートに岩崎のくせ球。でもバッターを打ち取ろうと思ったらその両方をうまく織り交ぜることが必要なんだ、きっと。

そのとき、車内放送がまもなく次の駅に到着《とうちゃく》することを告げた。岩崎はゆっくりと立ち上がった。

「次で降《お》りるよ」

それから岩崎は少し間《ま》を置いてから、「絶対にまた戻《もど》ってこいよ」と言った。うれしかった。おそらく岩崎はこのことをぼくに伝えるためだけに、みんなと離《はな》れて、一人だけで、ぼくのいる列車に乗り込《こ》んできたのだろう。

ぼくも立ち上がり、「本当にありがとう」と言いながら右手を岩崎の前に差し出した。岩崎はちょっと照れたような表情でぼくの顔と手を交互に見ていたけれど、やがておずおずとぼくの右手をとった。ぼくらは力強く握手《あくしゅ》をした。

「なんか男同士で気持ち悪いな」

停車駅に着くと同時に、岩崎は憎《にく》まれ口をたたきながら出口に向かい、足早に降《お》りていった。

岩崎は列車から少し離れた場所に立って、じっとぼくを見つめていた。やがて列車が静かに動き出すと、岩崎は指を二本立てながら額の横につけ、あばよと言うようにその指をさっと前に突《つ》き出した。ぼくは窓《まど》にへばりつくようにしながら小さく手を振《ふ》った。岩崎の姿《すがた》は見る見る小さくなり、あっという間にぼくの視界《しかい》から消えていった。

ぼくの脳裏《のうり》には別れてきたみんなの姿《すがた》や、先ほどまでぼくの目の前にいた岩崎の姿が焼き付いて離《はな》れなかった。胸《むね》の中に渦巻《うずま》いている感情が、ほんのちょっとしたきっかけで洪水《こうずい》となってあふれ出てきそうな気がした。でも、ぼくは、できる限り冷静になろうと努め、平気だと自分に言い聞かせた。これまでだって、こんな寂《さび》しさは何度も経験してきている。それに、今別れてきたみんなと永遠に会えないわけではないのだ。

ぼくはそうやって寂しさに呑《の》み込《こ》まれまいとがんばっていた。

列車は、カーブが続く谷間を過ぎ、小さな川に沿《そ》って走り続けた。川辺には桜並《さくらなみ》木《き》がどこまでも続いており、今まさに満開の時を迎《むか》えようとしていた。

ぼくは肩《かた》の力を抜《ぬ》いて、これまでにため込んできた心の重さを吐《は》き出すようにしながら、ため息をついた。そうしてしばらくの間、目をつぶって列車の心地よい振動《しんどう》に身をまかせていた。そうしていると、ぼくの中にあった寂しさとか切なさとかいった気持ちがしだいに小さくなり、それと入れ替《か》わるようにして、温かでおだやかな感情がゆっくりと胸《むね》いっぱいに広がってくるのが感じられた。

ぼくは目を開いて、改めて車窓《しゃそう》からの景色を眺《なが》めた。

桜並木がこんなにきれいだなんて、青い空が、そしてところどころに浮《う》かぶ白い雲がこんなに目にしみるなんて、ぼくは生まれて初めて知ったような気がした。

ぼくは、中野美香から受け取ったお弁当を両手で包み込むようにしながら膝《ひざ》の上に置いた。お弁当の包みからは、まだかすかなぬくもりが感じられた。それは中野美香が持っている温かさのような気がした。

ぼくは、この時間がずっと続いてほしいと願いながら、車窓からの風景を眺めていた。一年後、高校受験を終えたあと、再び、この列車でみんなのところに向かう自分を思い描《えが》きながら……。

あとがき＝阪口正博

かつて、暇を見つけてはリュックをかついで日本中を旅していた時期がありました。名所旧跡を巡るのが目的ではなく、気の向くままにただふらふらと歩きまわるだけの旅でした。

旅先では、多くの人たちとの出会いがあり、そして当然のことながら同じ数だけ別れがありました。そのような旅のさなか、生まれた場所で育ち、そこで生活し、そして老いていく……そんな風に地域に根ざして生きている人たちの人生がとてつもなくうらやましく思われた瞬間が幾度となくありました。

大阪で生まれた私は、三歳と中学一年の時に引越を経験し、働き出してからは数年おきに引越を繰り返してきました。いつの頃からか、故郷を喪失した根無し草のような頼りない感覚が心の奥底で澱《おり》のように沈殿しているのを感じていました。

同じような気持ちを抱く主人公は、転校先で自分にとっての故郷といえるべき場所を見つけ出すことができました。

よくよく考えてみれば私自身、旅先やこれまでに移り住んできた地域における多くの人々とのふれあいによって、心の中にすでにたくさんの故郷を持つことができているのかもしれません。いつの日か、それらの地域を再び訪ね歩くこと、それが今の私のささやかな願いです。

本書の出版にあたっては、選考委員の先生方をはじめ、ちゅうでん児童文学賞に係わる多くの方々のお世話になりました。

特に、編集を担当していただいた成澤栄里子さんには我慢づよくアドバイスをしていただき、網中いづるさんには想像を膨らませるような素敵な挿絵を描いていただきました。本当にありがとうございました。

また、本書を手にとって最後まで読んでいただいたすべての方に心よりお礼申し上げます。

阪口正博
さかぐちまさひろ

1956年、大阪府生まれ。
龍谷大学法学部卒業。
公務員として勤務するかたわら、児童文学などの創作を行っている。
2006年北日本児童文学賞優秀賞受賞。
京都市在住。
本書が初めての出版作品である。

網中いづる
あみなかいづる

1968年生まれ。
ペーター賞、講談社出版文化賞さし絵賞などを受賞。
作品に、絵本
『むく鳥のゆめ』(浜田廣介・作、集英社)
『ぞうの　せなか』(秋元康・文、講談社)
『赤いくつ―アンデルセン童話』(角田光代・文、フェリシモ出版)
装・挿画に
『完訳クラシック　赤毛のアン』シリーズ(講談社文庫)
『だれにもいえない』(岩瀬成子・作、毎日新聞社)
『大造じいさんと雁』(椋鳩十・作、宮川健郎・編、岩崎書店)など。

カントリー・ロード

2013年2月10日　第一刷発行
2015年1月20日　第二刷発行

作――阪口正博
絵――網中いづる
発行者――落合直也
発行所――BL出版株式会社
〒652-0846
神戸市兵庫区出在家町2-2-20
電話078-681-3111・http://www.blg.co.jp/blp
印刷所――図書印刷株式会社
装幀――杉浦範茂
編集――成澤栄里子

ISBN 978-4-7764-0593-1 NDC913 167P 20cm
本作品は、第十四回ちゅうでん児童文学賞大賞受賞作品です。

ちゅうでん児童文学賞作品

第5回
大賞受賞

ニコルの塔

作 小森香折
絵 こみねゆら

修道院での静かな生活。だがそこには、大きな秘密が隠されていた。その秘密にただ一人気づいたニコルに危険が迫る！
——謎の絵に導かれる、ミステリアス・ファンタジー。

第6回
大賞受賞

キス

作 安藤由希
絵 ささめやゆき

うまく伝えられない思い、でも通い合わせたい……。——三人の中学生が抱えるそれぞれの〝事件〟と三人が出会った三つのキスを通して、あたたかな気持ちを届けるオムニバス。

第8回
大賞受賞

みどパン協走曲

作 黒田六郎
絵 長谷川義史

おれのうちで預かることになった拓斗。父ちゃんは、なぜか口もきかないこいつの伴走をして、ロードレースに出ろって言うんだ。ぶつかる二人の気持ちは通じ合えるのか？

第9回
大賞受賞

時の扉をくぐり

作 甲田天
絵 太田大八

お師匠さま・広重先生の家の庭に、見たこともない赤毛の男が現われた。その正体は、ゴッホの幽霊!?　そして……。
——見習い浮世絵師佐吉が語る、奇想天外マゲモノ道中記。

第11回
大賞受賞

ニメートル

作 横山佳
絵 高畠那生

家では母ちゃんとばあちゃんに押しまくられているおれ。突っ張ってみせているのに、通学路でも毎日変なヤツに説教される始末。アイツとは話したことがない、はずだった……。